古典詩歌研究彙刊

第十四輯

龔鵬程 主編

第 2 冊

李煜詞接受史（上）

黃思萍 著

國家圖書館出版品預行編目資料

李煜詞接受史（上）／黃思萍 著－－初版－－新北市：花木蘭
文化出版社，2013〔民 102〕
目 4+148 面；17×24 公分
（古典詩歌研究彙刊 第十四輯；第 2 冊）
ISBN 978-986-322-445-7（精裝）
1. 五代李煜 2. 唐五代詞 3. 詞論
820.91   102014964

ISBN-978-986-322-445-7

9 789863 224457

古典詩歌研究彙刊
第十四輯　第二冊　　　　　　　ISBN：978-986-322-445-7

李煜詞接受史（上）

作　　者	黃思萍
主　　編	龔鵬程
總 編 輯	杜潔祥
出　　版	花木蘭文化出版社
發 行 所	花木蘭文化出版社
發 行 人	高小娟
聯絡地址	235 新北市中和區中安街七二號十三樓
	電話：02-2923-1455／傳真：02-2923-1452
網　　址	http://www.huamulan.tw 信箱 sut81518@gmail.com
印　　刷	普羅文化出版廣告事業
初　　版	2013 年 9 月
定　　價	第十四輯 17 冊（精裝）新台幣 24,000 元

李煜詞接受史（上）

黃思萍　著

作者簡介

黃思萍

臺灣高雄人。自幼熱愛中國古典文學，尤其是詩詞和《紅樓夢》。

畢業於高雄師範大學國文學系、成功大學中國文學研究所碩士班。

大學時期，延續對中國文學的欣賞，進而開始詩詞的創作，參加「南風文學獎」得獎作品為：

　　　　〈詠林黛玉〉──第 26 屆「古典詩」第二名。

　　　　〈瑣窗寒・詠李後主〉──第 27 屆「古典詞」第一名。

碩士班時期，期許自己研究與創作並重，嚴肅理性和浪漫感性兼具。已發表的單篇論文有：

　　　　〈論清初詞人和韻作品對李煜詞之接受〉──收入第 27 屆南區中文系碩博士生論文發表會會後論文集。

　　　　〈論宋代詞話對李煜詞之接受〉──第 40 屆鳳凰樹文學獎「文學評論」佳作，收入當屆得獎集。

參加「鳳凰樹文學獎」得獎作品為：

第 37 屆：〈青玉案・詠薛濤〉──「古典詞」貳獎。

　　　　〈陶醉溪頭〉──「古典詩」佳作。

第 39 屆：〈雪天遊華山　并序〉──「古典詩」貳獎。

　　　　〈解佩令〉──「古典詞」佳作。

　　　　〈雪〉──「古文」佳作。

第 40 屆：〈踏莎行・麗江大研古鎮〉──「古典詞」貳獎。

　　　　〈漢宮春〉等十二首──「推薦獎」。

提　　要

　　本論文以李煜詞為研究對象，運用西方接受美學理論為研究方法，搭配計量分析，探討歷代讀者對李煜詞之觀感、評價與仿效。為彰顯「史」的脈絡，篇章架構採取「一維歷時結構」，即先以朝代時間順序為縱軸線，再以「詞話、詞論」、「詞選、詞譜」及「再創作」為各章之橫軸線，依序歸納李煜詞於歷代之接受情況。藉由歷時與共時的交織，完整呈現出不同期待視野之下的讀者，其審美取向、關注焦點、接受之廣度與深度均有所不同的現象，以及歷代論述之連貫、消長、呼應的狀況。全文共分五章，各章要旨如次：

　　第一章「緒論」：闡明研究之動機、目的、方法及範圍，回顧前人研究成果。

　　第二章「李煜詞宋代接受史」：政治上的對立，使宋人特別關注李煜的軼聞，其詞本事乃詞話、詞論的焦點所在，對李煜詞的總體印象為「亡國之音哀以思」；

詞選方面，僅北宋前期之《尊前集》收錄數量較多，南宋則不甚青睞；再創作有「和韻」、「仿擬」、「櫽括」、「襲用成句」四類，以襲用成句者為多。

第三章「李煜詞明代接受史」：生活上藝術化與享樂化的相似，是明人極鍾愛李煜詞之原因，不僅給予崇高的詞史定位，從各家評點更可見明人和李煜詞的高度共鳴；詞選收錄其詞之數量，亦常居唐五代之冠；再創作方面則相對薄弱，僅見「和韻」與「集句」二類，數量也都偏少。

第四章「李煜詞清代接受史」：清代各方面之接受皆可謂鼎盛，此和詞學復興的背景相關連。詞話、詞論方面，詞本事和詞句鑑賞並重，新增「論詞絕句」及「論詞長短句」；詞選收錄數量多寡則視各流派之宗旨而定；再創作除了「和韻」、「仿擬」、「櫽括」、「集句」四類，還出現「題畫詞」。若將論詞絕句、論詞長短句併入，則共有七類，數量上以「論詞絕句」、「和韻」與「集句」較為可觀。

第五章「結論」：總結歷代對李煜詞的接受情況，點出、比較各朝代的接受特色，給予李煜詞全面而中肯的評價。

誌　謝

　　眞不敢相信自己畢業了！要離開成大美麗、浪漫的校園，心中頗爲不捨！最喜歡三月時粉紅色的羊蹄甲和金黃色的風鈴木，勝利宿舍區、成功湖畔以及長榮路上的景色是那樣迷人，無論是漫步或騎腳踏車經過，一陣風來，花瓣紛飛，飄落身上、路上、心坎上，眞美！我的碩班生涯也如同春花一般，達成使命之後，便是離開的時候了。

　　猶記當初得知考上夢寐以求的成大中文所，狂喜雀躍到不行，而滿心期待來府城遊玩、吃小吃的我，卻經歷了一場頗爲嚴峻的考驗。從大學生轉換成研究生，自己的心理上極度不適應，身體健康又頻頻出狀況，和之前算是一帆風順的求學道路相比，研究所對我而言，可謂荊棘密佈。好一陣子痛過、苦過，認爲讀研究所是個錯誤的選擇，如今回想，卻點滴在心頭，竟有些許「也無風雨也無晴」的感受，更覺得「不經一事，不長一智」，人生沒遇過挫折，就沒有突破自我的機會。現在的我，懂得欣賞自己的蛻變和成長，看待事物的心態，也彈性不少。再者，來到成大，我認識許多師長和朋友，從大家身上，我學到很多東西，眞的獲益良多！在此感謝每一位幫助過我的人——親愛的家人：父母、妹妹；師長：王偉勇老師、王頌梅老師、高美華老師、郭娟玉老師；知交好友：巽雅、婉婷；學長姐：乃文學姐、淑惠學姐、淑華學姐、怡云學姐、宏達學長；學妹：婉玲、玉

鳳、吳雙、靜涵、佳慧；183 的同學：和君、瑋郁、彩韻、詠翔、昭君、黃燕、怡嘉；室友：煒茜、春華；長庚中醫：洪裕強醫生；住宿服務組職員：筱萱、怡萍，當然還有很多未及列出的人們——就算只是一句關心的問候、一句慰勉的話語，我都十分感激而且受用的。若無你們一直以來的陪伴、支持和鼓勵，就不可能有此刻完成論文、順利畢業的我。大家的恩情我都深深銘記在心，這股強大的力量不但讓我通過這一階段的考驗，更將推著我前進到下一個階段。因為有你們，我才有了勇氣、累積了堅韌的信心，這都是我人生最寶貴的基石。抱歉！我無法將每一位恩人對我的好一一細數，謹將這本論文獻給大家，用最最誠摯的心，說聲：「謝謝！」

思萍謹誌於 2012 年 6 月 30 日

目

次

第一章　緒　論

第一節　研究動機與目的

一、研究動機

　　李煜（937～978），字重光，初名從嘉，自號鍾隱、鍾峰白蓮居士，徐州（今屬江蘇省）人。李璟第六子，初封安定郡公，進鄭王，徙吳王。建隆二年（961）初，立爲太子，留金陵監國。同年中主卒，遂嗣位於金陵。在位十五年，稱臣於宋。開寶八年（975），宋師攻入金陵，被迫降宋，幽囚於汴京。太平興國三年（978），被宋太宗用牽機藥毒死，年四十二。世稱李後主、南唐後主。李煜的詞史地位與其詞的經典地位，無疑是由讀者所賦予的，當中影響最大者，要推晚清王鵬運「詞中之帝」〔註1〕的讚譽以及王國維「變伶工之詞爲士大夫之詞」〔註2〕的論定。然而任何一位作家或一部作品的經典地位並非與生俱來，而是在長期的接受過程中逐步確立起來的，〔註3〕如陳文

〔註 1〕　清・王鵬運：《半塘老人遺著》，此則見錄於史雙元編：《唐五代詞紀事會評》（合肥：黃山書社，1995 年 12 月），頁 643。
〔註 2〕　王國維：《校注人間詞話》（臺北：臺灣開明書店，1989 年 1 月），頁 6。
〔註 3〕　陳文忠：《文學美學與接受史研究》（合肥：安徽人民出版社，2008 年 4 月），頁 338。

忠謂：「中國古典詩歌的經典化進程，情況更爲複雜多樣：有的落地開花、聲譽不斷；有的波瀾起伏、時高時低；有的名噪一時、熱後驟冷；有的知音在後、由隱而顯等。」〔註4〕因此，必須綜觀從宋至清的歷代讀者各方面的接受情況，才能瞭解李煜詞經典地位的演進過程。可惜的是，雖然李煜詞一向是學界研究的熱點，歷來研究成果的質與量也甚爲可觀，卻仍未見以其詞「歷代讀者」爲中心而作之全面性研究。有鑑於此，爲了突破傳統研究必然產生的藩籬，筆者試圖運用西方接受美學理論，對李煜詞展開接受史研究。研究意義如陳文忠《文學美學與接受史研究》所云：

> 接受史研究的最大意義在於藉助一種新方法和新觀念，發現並照亮一個長久以來被忽略的舊領域。……有助於補充過去文學史研究「不重視讀者群」的不足之處。因爲完整的文學史體系，應該由創作史、作品史和接受史三部分構成。如果說創作史揭示藝術價值的生成，作品史研究藝術風格的變遷，那麼接受史則展示藝術生命的歷程。創作史、作品史和接受史前後銜接、互爲補充，文學史才能眞正體現文學的歷史連續性，從而成爲歷史的有機體。〔註5〕

「完整的文學史體系，應該由創作史、作品史和接受史三部分構成」，而「創作史」、「作品史」和「接受史」的研究對象，分別是「作者」、「作品」和「讀者」，此三者更構成互相關連、互相作用的文學作品三角形的三個端點，據此檢視前人對李煜詞的研究成果，則傳統研究的不足之處極爲明顯：幾乎圍繞著李煜的時代背景、創作歷程、詞史地位以及詞作內容風格、藝術技巧等方面，研究議題不出「作者」和「作品」兩端，「讀者」一端顯然被嚴重忽視。縱然有探討其詞啓發蘇軾、秦觀、李清照、晏幾道、納蘭性德等人之處，也是從「作品」一端的角度作延伸，並且侷限在特定幾家著名詞人，而未全面性地針對李煜詞的歷代讀者群作探究。這樣一來，缺少了「讀者」的文學作

〔註4〕陳文忠：《文學美學與接受史研究》，頁339。
〔註5〕陳文忠：《文學美學與接受史研究》，頁416～417。

品研究，實際上是不完整的，因為作品並不只存活在作者的時代，它的生命價值是隨著歷代讀者的閱讀接受延續至今的，換句話說，從它誕生的瞬間，即開始受到讀者的制約和響應，而讀者的審美標準又和所處時代背景密切相關。既然期待視野左右著讀者對作品的評價，這些評價又逐代累積下來，影響當前的研究者，由此可知，歷代讀者的接受情況是不可或缺的研究內容。正如高中甫所言：「任何一位偉大作家，都應當、也有必要為他寫一部接受史，這是文學科學的一個內容，也是構成一部完整的文化史、社會史的一個部分。一個作家的接受史，它一方面能更全面、更深刻地去認識作家，同時也反映了不同時代的審美情趣、鑑賞能力、期待視野、社會思潮以及某些意識形態上的發展和變化。」〔註6〕此即本論文研究動機之由來。

二、研究目的

陳文忠《文學美學與接受史研究》曾對「接受史」做出闡釋：

> 接受史是作家作品與歷代接受者的多元審美對話史，是文本的召喚結構在期待視野不同的歷代接受者審美經驗中具體化的歷史，也是古典作家的創作聲譽史和經典作品的藝術生命史；它通常體現為不同時期的接受史，包括普通讀者、評論研究者以及作家藝術家，對作為接受對象的作家作品所作出的理解、闡釋，及在創作中接受影響和借鑑等。接受史研究的目的是為了溝通古今的審美經驗，讓古典走向現代。〔註7〕

據此，「瞭解李煜詞經典化進程的細節，溝通古今的審美經驗」即是本論文的研究目的。而找出「李煜詞在各朝代讀者的眼中，是如何被看待的？」「讀者喜歡或不喜歡的理由是什麼？」「喜歡的是題材內容，還是形式技巧？又或是音樂旋律？偏重在哪一部份？符合什麼樣

〔註6〕高中甫：《歌德接受史》（北京：社會科學文獻出版社，1993年4月），頁2。

〔註7〕陳文忠：《文學美學與接受史研究》，頁420。

的條件或標準？」等問題的答案，即爲本論文的研究貢獻。這些答案必然和讀者的審美觀密切相關，而讀者審美觀的形成、對詞作的觀感、評價，又取決於所處的時代背景、詞壇風氣與個人經歷，如趙山林〈詞的接受美學〉云：

> 讀者通過閱讀而還原出來的詞的意境，與作者在作品中創造的意境不會完全契合；不同讀者所還原出來的意境又會各各不同。這是因爲讀者與作者、讀者與讀者之間在所處時代、社會地位、生活經歷、性格氣質、文化教養、思維方式、審美情趣等方面都是彼此不同的。〔註8〕

是故針對每一朝代的政治、社會、哲學思想等多方狀況作一概述，均有助於瞭解讀者心理，以及受當時環境影響而成之審美標準。上述皆爲接受美學所謂的「期待視野」，即對讀者所作的一番知人論世。若說對「詞話、詞論」與「詞選、詞譜」進行分析闡述，是偏向期待視野的具體解讀；那麼各朝代詞人的「再創作」，則是召喚結構引發填補空白的落實呈現。本論文接受史的架構，就是以這兩個最爲重要之理念來作考量設計，期望能將李煜詞的歷代接受情況作一番系統歸結。

第二節　前人研究成果概述

本節針對「李煜詞」與「文學接受」之研究作一回顧，概述如次：

一、李煜詞研究概況

根據林玫儀主編《詞學論著總目》與黃文吉主編《詞學研究書目》二書，〔註9〕可知二十世紀臺灣和大陸學界研究李煜詞的「期刊論

〔註8〕趙山林：〈詞的接受美學〉，見錄於唐圭璋等編：《詞學》（上海：華東師範大學出版社，1990 年 10 月），第 8 輯，頁 29。
〔註9〕林玫儀主編：《詞學論著總目（1901～1992）》（臺北：中研院中國文哲研究所籌備處，1995 年 6 月），頁 751～784；黃文吉主編：《詞學

文」、「學位論文」之成果，皆相當豐碩。前人研究之議題紛呈，林玫儀主編《詞學論著總目》歸納爲「生平資料」、「別集、選集資料」、「總論其人」、「總論其詞」、「詞作評析」；黃文吉主編《詞學研究書目》歸納爲「背景資料」、「作品總論」、「作品分論」、「二主合論」、「三李合論」，要之，可再整合爲「生平背景」、「詞作版本與評析」、「與其他作家之比較研究」，然皆不出文學作品三角形的「作者」及「作品」二端點，範圍亦侷限於文學史研究體系之「創作史」與「作品史」二區塊。儘管林玫儀與黃文吉二書未收錄 1993 年到 1999 年之研究成果，卻已能代表二十世紀的李煜詞研究情況大致如此。

　　進入二十一世紀後，從 2000 年至 2011 年，李煜詞依然是學界研究的熱門對象，僅短短十年左右，研究成果已然數量龐大，茲就「期刊論文」與「學位論文」兩方面簡述如次：

（一）期刊論文

　　臺灣有 7 篇，內容大多屬於「作品史」範圍，依時間先後臚列如次：

1. 黃雅莉：〈論李煜詞的精神內涵及開拓表現〉，《國立編譯館館刊》，第 29 卷第 1 期（2000 年 6 月），頁 101～120。

2. 李李：〈後主「菩薩蠻」賞析〉，《中國語文》，第 90 卷第 5 期（2002 年 5 月），頁 57～61。

3. 曾柏勛：〈閉鎖與延續──李煜詞的文學現象學考察〉，《文學前瞻》，第 4 期（2003 年 7 月），頁 109～121。

4. 黃致遠：〈李煜──詞與人生析論〉，《新亞論叢》，第 7 期（2005 年 6 月），頁 191～196。

5. 張錦瑤：〈論李煜〈相見歡〉〉，《中國語文》，第 100 卷第 2 期（2007 年 2 月），頁 57～67。

研究書目（1912～1992）》（臺北：文津出版社，1993 年 4 月），頁 292～315。

6. 廖育菁:〈李煜詞中色彩之變化與情感之表現〉,《國立臺灣科技大學人文社會學報》,第 3 期（2007 年 3 月）,頁 23～43。

7. 陳宜政:〈從《人間詞話》論李煜「擔荷人類罪惡」之意涵〉,《實踐博雅學報》,第 9 期（2008 年 1 月）,頁 65～84。

大陸則共有 433 篇,2000 年至 2005 年有 120 篇,2006 年至 2011 年則暴增到 313 篇, 〔註10〕增加幅度甚爲驚人。然就內容觀之,絕大部分並無新意,所論不出「作者」和「作品」二端之範圍。大致可分五類:一是總論李煜詞風、藝術特色與詞史地位、貢獻;二是論述前、後期詞作,而以探討後期詞作最爲熱門,亦有將前、後期作比較者;三是就個別詞作立論,其中〈虞美人〉（春花秋月何時了）、〈浪淘沙〉（簾外雨潺潺）以及二首〈相見歡〉（無言獨上西樓）、（林花謝了春紅）最受關注;四是就「夢詞」、「愁詞」等主題立論,而王國維《人間詞話》當中對李煜的評述,亦是探討的焦點;五是作比較文學研究,如將李煜和李清照、納蘭性德、晏幾道、秦觀、柳永、晏殊、宋徽宗、陳子龍以及其他外國詩人,在生平背景、詞風或個別作品上,作一番對照,或探究後人沿襲李煜的跡象等。少部份則出現和傳統研究議題較爲不同者,如跨領域研究,用語言學、宗教等觀點來切入;還有爲李煜而塡新詞、爲李煜詞譜曲等。

至於大陸期刊論文當中運用到接受理論者,有 7 篇,依時間先後臚列之:

1. 王秀林、劉尊明:〈「亡國之音」穿越歷史時空:李煜詞的接受史探賾〉,《江海學刊》,2004 年 04 期,頁 170～174。

2. 蔡菡:〈「恰似一江春水向東流」──李煜詞的接受現象淺析〉,《名作欣賞》,2006 年 4 月 08 期,頁 107～110。

3. 張穎:〈宋代文人對李煜詞的接受〉,《唐山師範學院學報》,第 29 卷第 4 期（2007 年 7 月）,頁 12～14。

───────────

〔註10〕由於數量過於龐大,故將具體篇目資料放於「附錄一」。

4. 劉偉安：〈召喚結構與李煜後期詞的魅力〉，《阜陽師範學院學
　 報（社會科學版）》，2009 年第 4 期，頁 10～12、24。

5. 秦翠翠：〈論「知音」理論與「接受」理論中的接受觀──兼
　 談李煜詞的意境之美〉，《延邊教育學院學報》，第 24 卷第 5
　 期（2010 年 10 月），頁 1～4、7。

6. 馬慶軍：〈接受理論觀照下的英譯李煜詞〈浪淘沙〉賞析〉，《科
　 技信息》，2010 年第 9 期，頁 606～607。

7. 李青春：〈論李煜詞在接受過程中的藝術價值〉，《華章》，2011
　 年第 4 期，頁 70～71。

　　從這七篇期刊當中，已可見學界欲跨出「作品史」、「創作史」範
圍來研究李煜詞的跡象與企圖，然所論者，受制於短小之篇幅，不但
時間上有所侷限，且無法將李煜詞歷代讀者的評價作出詳細統整，故
而皆點到為止，未能建構出接受之全貌。

（二）學位論文

　　臺灣自 1970 年代迄今，共有 10 本，均為碩士論文，依時間先後
臚列如次：

1. 陳芊梅：《李後主研究》（臺北：臺灣大學碩士論文，1971
　 年）。

2. 謝佳涯：《南唐後主李煜的研究》（臺北：臺灣大學碩士論文，
　 1972 年）。

3. 莊淑如：《李煜詞的鑑賞與研究》（彰化：彰化師範大學碩士
　 論文，2003 年）。

4. 童穗雯：《南唐二主詞研究》（臺北：文化大學碩士論文，2004
　 年）。

5. 李金芳：《李後主文學研究》（高雄：高雄師範大學碩士論文，
　 2005 年）。

6. 劉春玉：《李後主詞研究》（新竹：玄奘大學碩士論文，2007

年）。

7. 胡雅雯：《李煜詞篇章意象探析》（臺北：臺灣師範大學碩士論文，2007 年）。

8. 王廣琪：《動亂中的詞人——李煜、李清照比較研究》（彰化：彰化師範大學碩士論文，2008 年）。

9. 邱國榮：《李後主前期詞作中的修辭格及其藝術作用研究》（臺中：臺中教育大學碩士論文，2008 年）。

10. 鄂姵如：《李煜詞對兩宋詞人之影響》（高雄：高雄師範大學碩士論文，2009 年）。

1980 年至 2000 年可謂出現斷層，而 2000 年以來，即使有如王廣琪針對李煜、李清照二者作比較研究、鄂姵如探討李煜詞影響宋代詞人之處，稍有變化，不再鎖定於李煜個人或李煜詞的單一主題上面，卻仍是從「作家」和「作品」兩端點的角度出發，未見「以讀者為中心」之論著。

大陸自 1999 年至 2011 年共有 13 本，亦均為碩士論文，依時間先後臚列如次：

1. 胡浩：《李煜及其詞的解讀》（武漢：華中師範大學碩士論文，2003 年 5 月）。

2. 蔡子林：《李煜的詞論》（武漢：華中師範大學碩士論文，2006 年）。

3. 沈鯤：《李煜及其詞創作的心理分析》（長春：東北師範大學碩士論文，2006 年）。

4. 姜力：《李煜詞英譯研究》（石家莊：河北師範大學碩士論文，2006 年 5 月）。

5. 鄭俊蕊：《李煜詞與南唐文化關係研究》（北京：首都師範大學碩士論文，2007 年 5 月）。

6. 劉吉美：《李煜及其詞作再探》（濟南：山東師範大學碩士論

文，2008 年 4 月）。

7. 陳立：《赤子心，純情夢——李煜夢詞淺析》（武漢：中南民族大學碩士論文，2008 年 5 月）。

8. 蘇小華：《帕爾莫文化語言學視角下李煜詩詞譯本的意象翻譯研究》（大連：遼寧師範大學碩士論文，2008 年 5 月）。

9. 史立群：《試論李煜詞所體現的情感特徵》（長春：東北師範大學碩士論文，2008 年 11 月）。

10. 張瓊玉：《軀體標識器理論對概念整合理論的補足和修正——一種對李煜詩詞的全新認知分析》（廣州：暨南大學碩士論文2009 年 6 月）。

11. 彭朋：《李煜的悖論——政治的悲劇與文學的輝煌》（濟南：山東大學碩士論文，2010 年 5 月）。

12. 封琴：《以悲境爲美鑒 化古韻爲今風——聲樂套曲〈李煜詞三首〉藝術特色與演唱研究》（南京：南京藝術學院碩士論文，2011 年 4 月）。

13. 劉躍輝：《南唐後主李煜若干問題研究》（合肥：安徽大學碩士論文，2011 年 5 月）。

從這 13 本論文，可知大陸方面已然出現一些異於傳統之論題，如與音樂結合之跨領域研究，以及從語言學、英譯本等角度作研究。

綜觀臺灣和大陸的學位論文研究成果，內容仍不出「創作史」和「作品史」範圍，均未見以接受美學理論作方法，對李煜詞進行全面研究之著作。

二、文學接受研究概況

接受美學理論從 1980 年代中期傳入中國後，即開始被運用於文學研究領域。邁入 21 世紀後，以接受美學、接受史理論來研究中國文學者，更是逐年增加，面向也不斷拓展。茲就「期刊論文」與「學位論文」兩方面簡述如次：

（一）期刊論文

2000 年至 2010 年，以接受美學理論爲研究方法之期刊論文，臺灣加上大陸共有 33 篇。〔註11〕而從 2010 至 2011 兩年來之增加幅度更是可觀：

臺灣新增 5 篇，依時間先後臚列之：

1. 張高評：〈評《詩人玉屑》述推陳出新與自得自到——兼論印本寫本之傳播與接受〉，《文與哲》，第 18 期（2011 年 6 月），頁 295～332。

2. 林秀美：〈從文以載道論王粲詩歌對《詩經》的接受〉，《成大宗教與文化學報》，第 16 期（2011 年 6 月），頁 33～55。

3. 李宜學：〈從元代詩法著作論李商隱詩在元代的接受情形〉，《中正大學中文學術年刊》，2011 年第 1 期（2011 年 6 月），頁 115～158。

4. 李玉珍：〈晚清小說從接受修辭角度之試探〉，《中國語文》，第 109 卷第 1 期（2011 年 7 月），頁 31～41。

5. 卓立：〈臺灣文學作品法譯與接受〉，《臺灣文學館通訊》，第 32 期（2011 年 9 月），頁 18～23。

而大陸新增 29 篇，依時間先後臚列如次：

1. 夏正亮：〈近十年（1999～2009）陶淵明接受研究綜述〉，《九江學院學報（哲學社會科學版）》，2010 年第 3 期，頁 9～13。

2. 沈文凡、李文玉：〈白居易詩歌的影響與接受〉，《吉林師範大學學報（人文社會科學版）》，第 6 期（2010 年 11 月），頁 1～4、23。

3. 孫興愛：〈《邶風·靜女》接受史研究〉，《青年文學》，2010 年

〔註11〕根據夏婉玲《張先詞接受史》與張巽雅《賀鑄詞接受史》二書文獻回顧之表格統計。見夏婉玲：《張先詞接受史》（臺南：成功大學碩士論文，2011 年 7 月），頁 3～7；張巽雅：《賀鑄詞接受史》（臺南：成功大學碩士論文，2012 年 1 月），頁 2～8。

22 期，頁 126～128。

4. 袁曉薇：〈別讓「接受」成爲一個「筐」──談古代文學接受史研究的變異和突圍〉《學術界》，2010 年 11 期，頁 90～95、285。

5. 胡明寶、蔣艷柏：〈脂硯齋對《紅樓夢》主題的接受──評點派《紅樓夢》主題接受史研究之三〉，《桂林航天工業高等專科學校學報》，2010 年第 4 期，頁 514～518。

6. 黃季鴻：〈《西廂記》研究的總結與開拓──評伏滌修著《西廂記接受史研究》〉，《蘭州學刊》，2010 年第 1 期，頁 80～82。

7. 馬婷婷：〈論唐代文人對楚辭的接受〉，《大眾文藝》，2011 年 02 期，頁 165。

8. 王偉：〈攻杜：杜甫及杜詩接受的另種面向及其詩學意義〉，《陝西理工學院學報（社會科學版）》，第 29 卷第 1 期（2011 年 2 月），頁 51～55。

9. 沈文凡、代景麗：〈唐代牡丹文化與文學的傳播──結合韓國南羲采《龜磵詩話》接受史展開〉，《吉林師範大學學報（人文社會科學版）》，第 2 期（2011 年 3 月），頁 1～5。

10. 趙興勤、趙韡：〈近現代學者對元遺山的接受與詮釋──以詩話爲中心〉，《河池學院學報》，2011 年 01 期，頁 11～18。

11. 郭春林：〈經典文學家的認同與推崇──查金萍《宋代韓愈文學接受研究》述評〉，《安徽理工大學學報（社會科學版）》，第 13 卷第 1 期（2011 年 3 月），頁 49～51。

12. 陳思廣：〈史料發掘與《駱駝祥子》研究視野的新拓──以梁實秋和華思兩篇被忽視的接受史料爲例〉，《河南科技大學學報（社會科學版）》，第 29 卷第 2 期（2011 年 4 月），頁 41～44。

13. 楊莉馨：〈論「京派」作家之於伍爾夫漢譯與接受的貢獻〉，

《首都師範大學學報（社會科學版）》，2011 年第 3 期，頁 96
～100。

14. 陳瑩：〈從接受視域探析唐前《史記》的儒化現象〉，《史學月
刊》，2011 年第 5 期，頁 100～109。

15. 趙慶慶：〈加拿大華人文學概貌及其在中國的接受〉，《世界華
文文學論壇》，2011 年 02 期，頁 33～39。

16. 黃建榮、李蕊芹：〈論清代的《楚辭》文本傳播與接受〉，《東
華理工大學學報（社會科學版）》，第 30 卷第 2 期（2011 年 6
月），頁 121～126。

17. 張守甫：〈夢窗詞接受史的研究方法試探——以清代選錄、校
勘吳文英詞的成果為對象〉，《上饒師範學院學報》，第 31 卷
第 2 期（2011 年 4 月），頁 32～37、46。

18. 陳文忠：〈走出接受史的困境——經典作家接受史研究反
思〉，《陝西師範大學學報（哲學社會科學版）》，第 40 卷第 4
期（2011 年 7 月），頁 26～37。

19. 朱偉明：〈《牡丹亭》文本閱讀與接受的特點及意義〉，《戲曲
研究》，2011 年第 83 輯，頁 136～150。

20. 張泉：〈北京淪陷期詩壇上的吳興華及其接受史——兼談殖民
地文學研究中的背景問題〉，《抗戰文化研究》，2011 年第 5
輯，頁 156～176。

21. 譚曉燕：〈從「和陶詩」看蘇軾對陶詩藝術風格的接受〉，《重
慶科技學院學報（社會科學版）》，2011 年第 17 期，頁 87～
88。

22. 陳思廣：〈認同與思辨——1976～2010 年李劼人「大河小說」
的接受研究〉，《當代文壇》，2011 年 05 期，頁 93～96。

23. 張心科：〈《紅樓夢》在清末民國語文教育中的接受〉，《紅樓
夢學刊》，2011 年第 5 輯，頁 250～285。

24. 李婭、陳水云：〈尋找文學傳播接受研究的突破口——武漢大

學「文學傳播接受研究高端論壇」綜述〉,《長江學術》,2011
年 02 期,頁 178〜179。

25. 尹雪華:〈從《蒹葭》接受史看《詩經》詮釋學特徵〉,《洛陽
師範學院學報》,第 30 卷第 10 期(2011 年 10 月),頁 36〜
39。

26. 田原:〈接受主體的選擇結果──淺議通俗文學盛行的必然
趨勢〉,《理論與當代》,2011 年第 9 期,頁 56〜57。

27. 梁現利:〈周瑜形象接受研究〉,《內蒙古農業大學學報(社會
科學版)》,第 13 卷第 5 期(2011 年),頁 338〜339、354。

28. 陳文忠:〈爲接受史辯護──《中唐元和詩歌傳播接受史的文
化學考察》的學術意義〉,《文學與文化》,2011 年第 3 期,
頁 139〜143。

29. 李欣:〈《詩經》白話譯本的接受意義〉,《吉林師範大學學報
(人文社會科學版)》,2011 年 6 月 S1 期,頁 27〜28、40。

如此,臺灣加上大陸,共計新增 34 篇,已然超越前十年之總
和。

(二)學位論文

2000 年至 2011 年,以接受美學理論爲研究方法之中國文學學位
論文,臺灣有 19 本,大陸有 43 本,[註12]共計 62 本。而近一年多
來兩岸各有新增,大陸的增加幅度尤其驚人:

1. 臺灣:新增 1 本碩士論文──
張巽雅:《賀鑄詞接受史》(臺南:成功大學碩士論文,2012
年 1 月)。

2. 大陸:新增 18 本,依時間先後臚列如次:

[註12] 根據夏婉玲《張先詞接受史》與張巽雅《賀鑄詞接受史》二書文獻
回顧之表格統計。見夏婉玲:《張先詞接受史》,頁 5〜9;張巽雅:《賀
鑄詞接受史》,頁 4〜10。

碩士論文 17 本：

(1) 閆文靜：《南朝樂府民歌在同時代的接受研究》（長春：東北師範大學碩士論文，2010 年）。

(2) 楊東莉：《孟浩然在宋元時期的接受》（上海：華東師範大學碩士論文，2010 年 4 月）。

(3) 陳小燕：《唐代庾信接受研究》（濟南：山東師範大學碩士論文，2010 年 5 月）。

(4) 趙洪梅：《《史記》在元雜劇中的接受研究》（重慶：重慶工商大學碩士論文，2010 年 6 月）。

(5) 徐晶晶：《接受美學視野下的戲劇翻譯——許淵沖英譯《長生殿》為例》（武漢：華中師範大學碩士論文，2011 年）。

(6) 李瑞瑞：《現代歌詞對宋詞的接受研究》（漢中：陝西理工學院碩士論文，2011 年 3 月）。

(7) 劉靜：《陸羽《茶經》的傳播與接受》（南昌：華東交通大學碩士論文，2011 年 4 月）。

(8) 武春燕：《李賀詩歌明清接受史研究》（鄭州：鄭州大學碩士論文，2011 年 4 月）。

(9) 王玲：《阿舍的虛構世界——《占有》的接受美學解讀》（贛州：贛南師範學院碩士論文，2011 年 4 月）。

(10) 石曉蕊：《「張愛玲現象」的當代接受》（瀋陽：遼寧大學碩士論文，2011 年 4 月）。

(11) 黃水平：《論陽羨詞派對蘇辛的接受與發展》（重慶：西南大學碩士論文，2011 年 4 月）。

(12) 張曉宏：《宋代賈島詩歌接受研究》（呼和浩特：內蒙古師範大學碩士論文，2011 年 5 月）。

(13) 殷韓韓：《明清歸有光散文接受研究》（合肥：安徽大學碩士論文，2011 年 5 月）。

(14) 李權：《接受美學視域下中國古典詩論「意境」研究》（湘潭：湘潭大學碩士論文，2011 年 5 月）。

(15) 聶鑫：《譯者主體性與關照讀者接受之研究——以《紅樓夢》兩個英譯本爲例》（延安：延安大學碩士論文，2011 年 6 月）。

(16) 吳蕭言：《從接受理論視角看《聊齋志異》的三個英譯本》（延安：延安大學碩士論文，2011 年 6 月）。

(17) 王艷：《周邦彥詞兩宋接受史研究》（蘭州：西北師範大學碩士論文，2011 年 6 月）。

博士論文 1 本——

朱維：《王國維文學批評的接受史研究》（武漢：華中師範大學博士論文，2011 年 5 月）。

綜上可知，接受美學理論以「讀者爲中心」所展開新視野的研究方法，已然成爲熱門研究主題，未來兩岸學者各方面之論述，必定更加可觀。

第三節　研究方法

一、理論述要

「接受美學（Rezeptionsästhetik）」，亦稱接受理論（Rezeptionstheorie）、接受與效果研究（Rezeptionsforschung），發端於 1960 年代聯邦德國的康斯坦茨大學（Universität Konstanz），因反對結構主義「文本中心論」，而把焦點轉移到「讀者」，推出文學研究的新範式，以姚斯（Hans Robert Jauss）和伊瑟爾（Wolfgang Iser）爲主要派別代表。

姚斯一派強調的是「歷史接受研究」，考察文本受到閱讀和接受活動之後，在文學的歷史發展進程中所起的作用，依據的是建立在闡釋學基礎之上的「社會←→歷史」分析方法。「期待視野」是姚斯提

出的重要概念,強調讀者面對本文時,必須憑藉自己豐富的經驗,並產生特定的思維模式,以尋求本文對他的滿足。換句話說,期待視野即指作為文本接受者的讀者,從自己現有的條件出發,對文學作品所能達到的理解範圍。期待視野的具體實現,牽涉到三個層面:一是接受者從過去曾閱讀過的、自己所熟悉的作品獲得的藝術經驗,即對各種文學形式、風格、技巧的認識;二是接受者所處的歷史社會環境,以及由此而決定的價值觀、審美觀和思想、道德、行為規範;三是接受者自身的政治經濟地位、受教育水準、生活經歷、藝術欣賞水準和素質。因此,姚斯認為,文本存在於接受者的文學視野中,存在於不同時空背景的不斷交替演化中,文本是文學效應史中永無止盡的顯現,所以根本沒有所謂獨立、絕對的文本。

伊瑟爾一派強調的則是「文本分析」,著重研究文學作品的內部結構和審美特質,及其在閱讀過程中,作用於接受者的方式和讀者作出反應的方式。伊瑟爾提出了「召喚結構」的觀點:由於一部優秀的作品,在其本身的意象結構中,總是存在著許多「未定點」和「空白」,從而形成了一種潛在的「召喚結構」,促使接受者必須憑藉自己的人生經驗、審美理想等既定條件,去將其確認、填充和豐富。他採用的是現象學方法,即必須用接受客體的意圖、想像去統率、加工物件,使物件「主體化」,在這一過程中,滲透個別主體的思想、情感、意志種種傾向,使客觀的「自在之物」轉化為與作家主體意識相關聯的「為我之物」。以對作品的閱讀活動為鏈條,從而實現了創作主體與接受主體思想情感的融合。文學作品只有通過閱讀活動才能獲得生命力,它的意義也只有在此過程中才會產生,因此,伊瑟爾認為一部具有完整意義的文學作品,是在作品和讀者相互作用之後才能完成的,這就賦予了文本「動態」的本質,因為不同之讀者和文本所作用出來的成果,必然不同。〔註13〕

〔註13〕以上接受美學理論,參金元浦:《接受反應文論》(濟南:山東教育出版社,1998年10月),頁35～60;〔聯邦德國〕H.R.姚斯、〔美〕

　　姚斯「期待視野」的宏觀理念有助於融入歷代接受者的眼光，開展文學史研究之新格局，統合創作史、作品史和接受史，讓三個環節相互補充，進而完善文學史的研究。伊瑟爾「召喚結構」的微觀思路側重於對文本接受的重新審視，可視爲姚斯宏觀接受的基礎，正由於文本的召喚結構召喚著一代又一代不同期待視野的接受者，才使傑出作家和經典作品形成了綿延千百年的輝煌接受史。因此，結合「姚斯的宏觀歷史接受理論」和「伊瑟爾的微觀審美反應理論」，讓宏觀和微觀視角相輔相成，發揮最大功效，即是運用西方接受美學作接受史研究的最佳方式。〔註 14〕

二、文獻取材

　　「經典作品文本」和「讀者審美響應」是以接受美學理論作接受史研究之取材核心所在，然若無作品文本，又何來讀者接受？故李煜詞文本及前人研究專書，包括年譜、箋注、考證、輯評等，均爲瞭解李煜詞首要之基礎項目，可收站在巨人肩膀上之功效；另據王師偉勇云：

> 詞人「接受史」之研究而言，欲具體掌握其研究材料，宜自十方面著手：一曰他人和韻之作，二曰他人仿擬之作，三曰詩話，四曰筆記，五曰詞籍（集）序跋，六曰詞話，七曰論詞長短句，八曰論詞絕句，九曰評點資料，十曰詞選。〔註 15〕

這十方面的史料，皆代表各類型讀者接受之具體呈現，誠爲展開全

R.C.霍拉勃著，周寧、金元浦譯：《接受美學與接受理論·譯者前言》（瀋陽：遼寧人民出版社，1987 年 9 月），頁 5～10；秦翠翠：〈論「知音」理論與「接受」理論中的接受觀──兼談李煜詞的意境之美〉，《延邊教育學院學報》，第 24 卷第 5 期（2010 年 10 月），頁 3。

〔註 14〕陳文忠：《文學美學與接受史研究》，頁 401～402。

〔註 15〕王偉勇：〈清代論詞絕句之整理、研究及其價值〉，原爲世新大學中文系主辦「第二屆兩岸韻文學學術研討會」會議論文，臺北：2009年 5 月。見錄於王偉勇：《清代論詞絕句初編》（臺北：里仁書局，2010 年 9 月），頁 1。

面而系統之接受史研究不可或缺者。茲就以上兩大取材面向細述如次：

（一）李煜詞文本及研究專書

1. 古代版本：

李煜詞歷來少見單行本，多以《南唐二主詞》合刻本傳世，而《南唐二主詞》今知最早刻本，爲南宋嘉定間（1208～1224）長沙書坊刻本，見《直齋書錄解題》著錄，已佚，故自明至清，主要有：

(1) 明正統六年（1441）吳訥《唐宋名賢百家詞》本（簡稱「吳本」）。

(2) 明萬曆四十八年（1620）呂遠刻本（簡稱「呂本」）。

(3) 清康熙二十八年（1689）侯文燦刻《十名家詞集》本（簡稱「侯本」）。

(4) 清康熙五十四年（1715）蕭江聲鈔本（簡稱「蕭本」）。

(5) 清董氏誦芬室鈔《南詞十三種》本（簡稱「南詞本」）。

以上吳、呂、侯、蕭、南詞五本，俱收詞 34 首，可信度高。晚清以來，另有劉繼增據呂本校補之《南唐二主詞箋》、王國維據南詞本校補之晨風閣叢書本《南唐二主詞》等。〔註16〕

本論文所據之李煜詞文本，係以曾昭岷、曹濟平、王兆鵬、劉尊明編著之《全唐五代詞》本爲準，〔註17〕其「存目詞」所列者，則不視爲李煜詞。該書共錄李煜詞 40 首，若扣除失調名之二殘句，則李

〔註16〕關於李煜詞「傳世版本」、「字句異文」、「詞調別稱」、「後人所加詞題」及「存疑詞考辨」之大致情況，均請詳見本論文「附錄二」和「附錄三」，後文不另加註頁碼出處、異文以及作品互見等情況。

〔註17〕曾昭岷、曹濟平、王兆鵬、劉尊明編著：《全唐五代詞》（北京：中華書局，1999 年 12 月），上冊，頁 741～768。此書所錄李煜詞係據《南唐二主詞》之呂本錄入 34 首，另從明刊《五代名畫補遺》輯錄二首、叢刊本《唐宋諸賢絕妙詞選》、毛本《詞林萬選》各錄存一首，又從寶顏本《江鄰幾雜志》、聚珍本《能改齋漫錄》各輯錄一殘句，且對所收詞作來源之審訂態度嚴謹，故筆者以之爲準。

煜詞今傳有調名且可信者，共 38 首。歷來詞選、詞譜等選本或有誤收情況，為尊重編選者原意，仍納入計數，然對於此類古今歸屬判定不一者，牽涉到再創作的部分，則不予深入析論。

2. 近人研究專書（依出版先後臚列），主要有：

(1) 詹安泰校注：《李璟李煜詞》（北京：人民文學出版社，1958年 3 月）。

(2) 唐圭璋編註：《南唐二主詞彙箋》（臺北：正中書局，1970年 5 月）。

(3) 章崇義：《李後主詩詞年譜》（臺北：文海出版社有限公司，1974 年 11 月）。

(4) 王仲聞校訂：《南唐二主詞校訂》（臺北：河洛圖書出版社，1975 年 10 月）。

(5) 劉維崇：《李後主評傳》（臺北：黎明文化事業股份有限公司，1978 年 4 月）。

(6) 龍沐勛等：《李後主和他的詞》上下二冊（臺北：臺灣學生書局，1978 年 11 月）。

(7) 范純甫編著：《帝王詞人李後主》（臺北：莊嚴出版社，1984年 7 月）。

(8) 詹幼馨：《南唐二主詞研究》（武漢：武漢出版社，1992 年 6月）。

(9) 謝世涯：《南唐李後主詞研究》（上海：學林出版社，1994年 4 月）。

(10) 李中華：《李後主的人生哲學：浪漫人生》（臺北：揚智文化事業股份有限公司，1996 年 5 月）。

(11) 劉孝嚴注譯：《南唐二主詞詩文集譯注》（長春：吉林文史出版社，1997 年 1 月）。

(12) 楊敏如：《南唐二主詞新釋輯評》（北京：中國書店，2003年 1 月）。

（二）批評資料

歷代詞學批評史料內容廣泛，遍及讀者對作家生平背景、作品創作緣由、詞旨意涵、藝術風格、審美價值等的論述，然而除了以專書形式呈現者，此類材料往往較爲零散、缺乏系統，需細心檢索、爬梳，方能披沙揀金。今人所編諸多大型叢書，乃翻檢便捷之管道；王兆鵬《詞學史料學》錄有歷來各類批評資料書目，亦爲絕佳之索引。

1. 詞話、詩話、筆記、評點〔註18〕

唐圭璋《詞話叢編》廣羅宋代至近代詞話 85 部，內容實已包括自詩話、筆記、評點、序跋等史料蒐集而來的詞話、詞論，係目前所見最爲齊全的詞話叢書，本論文遂以之爲主要依據。然徐釚《詞苑叢談》、張宗橚《詞林紀事》等，爲《詞話叢編》所未收；近來問世之鄧子勉《宋金元詞話全編》等，亦可供參酌運用。清·何文煥《歷代詩話》、丁福保《歷代詩話續編》、丁福保《清詩話》、郭紹虞《清詩話續編》、臺靜農《百種詩話類編》等大型叢編收錄有較爲齊備的詩話材料，當中間有零星詞話、詞論，可資取用。筆記資料則以北京中華書局《唐宋史料筆記叢刊》、上海師範大學古籍整理研究所《全宋筆記》、廣陵書社《筆記小說大觀》、徐德明、吳平等《清代學術筆記叢刊》等叢書所收爲全備。評點資料主要爲詞選、詞譜內之箋注、眉批，呈現方式最爲散漫，卻往往藏有精簡之見，三言兩語表達讀者對詞人詞作之審美觀感、接受態度，足資輔證。黃山書社《歷代詞紀事會評》、王兆鵬、吳熊和等《唐宋詞匯評》等叢書收錄不少評點資料，於詞學研究，功不可沒。另外，施蟄存、陳如江《宋元詞話》、

〔註18〕此類資料，筆者大多置於後面三章之「詞話、詞論」一節探討。然「詞話」和「詞論」之區別，就所見資料而言，是無法明確界定的。因爲隨興漫談式的詞話中，常常夾雜一二論斷、評價之語；而具有系統性的嚴謹的詞論中，亦可見感性之心得。若以各朝代述及李煜詞的資料來看，則宋代多半偏向詞話；清代則較爲偏向詞論，故難以只用一個名稱來確切標題，姑且「詞話」、「詞論」並列之。

張惠民《宋代詞學資料匯編》、郭紹虞《宋詩話輯佚》以及吳相洲、王志遠《歷代詞人品鑒辭典》等書，亦屬綜合性的資料彙整，深具研究價值。

2. 詞籍（集）序跋

針對歷代詞別集、總集、詞選、詞譜等相關書籍之序跋進行搜尋，亦可得知編撰者之詞學觀點和重要詞學評論，反映出當代詞學風氣之部分。施蟄存《詞籍序跋萃編》與金啓華、張惠民《唐宋詞集序跋匯編》二書所收甚爲齊全，值得深入探究。

3. 論詞絕句、論詞長短句

論詞絕句和論詞長短句的價值，可自三大面向觀之：一爲擴大詞學批評之視野，二爲提供輯佚考辨之線索，三爲輔助建構論詞之觀點。〔註19〕若能搭配上述詞話、詞籍（集）序跋、評點、筆記等資料，互相輔助印證、對照融會，當更能豐富並完善詞的接受史面貌。而筆者認爲論詞絕句和長短句除了具有詞學批評的價值，更兼含再創作的意義，化用既有作品詞句、剪裁成篇者比比皆是。然論詞絕句之蒐集刊行，起步甚晚，始於吳熊和《唐宋詞匯評・兩宋卷》第五冊所附 28 家 601 首，其後孫克強《清代詞學批評史論》接續公布 45 家 777 首，較吳熊和多出 176 首，〔註20〕可見論詞絕句之集結尙未完備。王師偉勇《清代論詞絕句初編》得 133 家 1067 首，〔註21〕又較

〔註19〕 王偉勇：〈兩宋「論詞詩」及「論詞長短句」之價值〉，嘉義大學中文系主辦「第三屆宋代學術國際研討會」會議論文，嘉義：2011 年 6 月，頁 18。

〔註20〕 吳熊和《唐宋詞匯評・兩宋卷》第五冊所附之「清人論詞絕句」目錄載朱小岑作品少列 6 首，故謂總數 595 首，宜正爲 601 首。見吳熊和主編：《唐宋詞匯評・兩宋卷》（杭州：浙江教育出版社，2004 年 12 月），冊 5，頁 4386～4439；孫克強：《清代詞學批評史論》（上海：上海古籍出版社，2008 年 11 月）所附「清人論詞絕句組詩」，頁 365～502。

〔註21〕 王偉勇：《清代論詞絕句初編》（臺北：里仁書局，2010 年 9 月），頁 2。

孫克強多出 88 家 290 首；而據王師偉勇及趙福勇最新所得，已達
136 家 1137 首，〔註22〕係目前蒐集論詞絕句最詳盡者。論詞長短句
則因當今學界尚無彙整，故就《全宋詞》、《全金元詞》、《全明詞》（含
補編）、《全清詞・順康卷》（含補編）以及《清詞別集百三十四種》
等總集進行搜索。

（三）詞選、詞譜

　　每一部詞選，都各有特定的編選宗旨和選擇標準。選擇標準不
同，所錄作品也就不一樣。而這種選擇標準，往往凝結或代表著當時
一部份人的價值觀念和審美趨向。從詞選的選擇標準、選詞意圖的變
化，可以考察各個時代詞學觀念、詞學思潮的變遷。〔註23〕從接受美
學的觀點來看，詞選的消費，就是所謂「接受」的過程，包括認讀或
使用（指選唱）、解釋闡發、思維受到影響、對原選進行第二次創作。
〔註24〕王兆鵬《詞學史料學》、楊家駱《叢書子目類編・集部・詞曲
類・總類》、《四庫全書總目・詞曲類》等，可作為檢索歷代詞選目錄
之依據。

　　填詞之譜原分音譜和詞譜兩種。「音譜」係以樂音符號記錄曲調
者，惜已失傳，未能得見；「詞譜」則為明代以來為彌補音譜失傳所
產生的格律譜，即「取唐宋舊詞，以調名相同者互校，以求其句法、
字數；取句法、字數相同者互校，以求其平仄。其句法字數有異同者，
則據而注為又一體；其平仄有異同者，則據而注為可平可仄。……定

〔註22〕原《清代論詞絕句初編（附錄）》中邱晉成、歐陽述和陳芸三家詩
　　　篇，作於清代，宜調整放入《清代論詞絕句初編（正編）》，故所收
　　　清代論詞絕句總數應更正為 136 家 1137 首。見趙福勇：《清代「論
　　　詞絕句」論北宋詞人及其作品研究》（彰化：彰化師範大學博士論
　　　文，2011 年 1 月），頁38。
〔註23〕王兆鵬：《詞學史料學》（北京：中華書局，2004 年 5 月），頁301～
　　　302。
〔註24〕蕭鵬：《群體的選擇──唐宋人選詞與詞選通論》（臺北：文津出版
　　　社，1992 年 11 月），頁17。

爲科律而已。」〔註25〕不少詞譜不僅具有指導後人塡詞的格律譜之用，也兼具詞選功能，必以某種風格之作或名家創體之作爲選詞原則，如明代張綖《詩餘圖譜》只錄婉約之作，以明範式；〔註26〕而清代萬樹《詞律》則特別注重名家創體者，〔註27〕這些都反映出編選者的價值判斷與時代審美趨勢。

　　基於上述詞選、詞譜所蘊含之研究價值與意義，本論文乃針對歷代詞選、詞譜的收錄情況作計量分析，探討統計表格「縱向面」與「橫向面」所顯示出來的訊息，以期從入選之有無、入選數量之多寡、入選之名次等細節當中，深入得知李煜詞爲讀者接受的具體樣貌以及當中所流露的時代審美取向。

（四）後人創作

　　陳文忠定義「影響史」爲：「當一篇作品對後代作家產生了創作影響，被歷代同題同類之作反覆摹仿、借鑑、翻用，就形成了它的影響史。換言之，影響史就是受到經典之作的藝術原型和藝術母題的影響啓發，具有淵源關係，並形成文學系列的歷代作品史。」〔註28〕以此觀點檢視歷代讀者閱讀李煜詞後，或因情感共鳴而「和韻」；或因一己愛好崇尚而「仿擬」；或受召喚結構促動而「檃括」；或受潛移默化而「集句」，類型多樣，然均可視爲讀者喜愛並推崇李煜詞，進而學習、摹仿、借鑑、翻用其藝術原型、母題，於是形成文學系列的歷

〔註25〕　清・永瑢、紀昀等撰：《四庫全書總目提要》（石家莊：河北人民出版社，2000 年 3 月），冊 4，頁 5502。

〔註26〕　明・張綖《詩餘圖譜・凡例》：「所錄爲式者，必是婉約，庶得詞體。」見明・張綖：《詩餘圖譜》（上海：上海古籍出版社《續修四庫全書》本，2002 年 3 月），冊 1735，頁 473。

〔註27〕　清・萬樹〈詞律自敍〉：「務標準於名家，必酌中於各制」（見錄於施蟄存主編：《詞籍序跋萃編》，卷 10，頁 881）；另清・吳興祚〈詞律序〉謂萬樹選詞：「推尋本源，期於合轍而止」（見錄於施蟄存主編：《詞籍序跋萃編》，卷 10，頁 884）。

〔註28〕　陳文忠：《中國古典詩歌接受史研究》（合肥：安徽大學出版社，1998 年 8 月），頁 301、413。

代作品史。

1. **和韻**（含次韻、用韻、依韻）

明代徐師曾《詩體明辯》云：

> 和韻詩有三體，一曰依韻，謂同在一韻中，而不必用其字也；二曰次韻，謂和其原韻，而先後次第皆因之也；三曰用韻，謂有其韻，而先後不必次之。〔註29〕

從最寬鬆到最嚴格，爲依韻（和作之韻腳跟原作之韻腳，出自同一韻部的字，而選用的字可以不相同）→用韻（和作之韻腳跟原作之韻腳，出自同一韻部的同一批字，而使用順序可以不同）→次韻（和作之韻腳跟原作之韻腳，出自同一韻部的同一批字，而使用順序完全相同）。雖然徐師曾細分三體是以「詩」的和韻爲對象，運用來檢視詞的和韻，也是合適的，因爲詞又稱「詩餘」，其格律押韻本就和詩有相承之處。大抵後人和韻李煜詞作均屬「單向精神唱和」的跨時代和韻，〔註30〕明顯流露對李煜作品的認同推崇。

2. **仿擬**

凡詞題標明「仿」、「效」、「法」、「改」、「用」、「擬」等字，〔註31〕均屬之，又可細分爲「仿效作法與體製」、「仿效體製、內容與風格」以及「仿效總體風格」三種類型。〔註32〕透過承襲、效法、借鑑前賢之作，得以推動文學作品不斷進步，此即王國維《人間詞話》所謂：「最工之文學，非徒善創，亦且善因。」〔註33〕

〔註29〕 明・徐師曾纂，沈芬、沈騏同箋：《詩體明辯》（臺北：廣文書局，1972年4月），下冊，卷14，頁1039。

〔註30〕 和韻的類型有文人間雙向交流的「共時性和韻」與單向精神唱和的「跨時代和韻」。見陳友康：〈和韻的產生與流變〉，《雲南民族大學學報・哲學社會科學版》（2007年7月），第24卷第24期，頁137。

〔註31〕 王偉勇：〈兩宋詞人仿蘇辛體析論〉，見錄於《宋代文學研究叢刊》（高雄：麗文文化事業公司，2007年6月），第14期，頁121。

〔註32〕 王偉勇：〈兩宋詞人仿擬典範作品析論〉，見錄於《人文與創意學術研討會論文集》（臺北：里仁書局，2008年6月），頁89～129。

〔註33〕 王國維撰，施議對譯注：《人間詞話譯注》（臺北：貫雅文化事業有

3. 檃括

凡就原有之詩文、著作（包含己作及他人之作），加以剪裁、改寫爲整闋詞者，皆屬之。〔註34〕

4. 集句

集句詞多於詞題透露「集句」相關字眼，或是在各詞句下方註出所集之句的原作者姓名（或字號）。然集句之時，爲遷就句式、格律，常出現不同之方式，可分爲：

(1)「整引」：意謂整句引用成句，其中字數、語順、命意不變，而有一、二字相異，亦均屬之；蓋有鑑於後人所讀李詞版本，未必盡同；又或爲憑記憶引用，而不甚精確也。

(2)「增損」：意謂就成句增減一、二字而言，如七言減一字爲六言，或減兩字爲五言以及五言；增一字爲六言，或增兩字爲七言，甚或減一字而成四言等。

(3)「截取」：意謂就成句截取三字以上，以成獨立句式者。如就七言截取三字，以成三字句；或截取四字，以成四字句者。五言之截取三字者，亦屬此類。

(4)「化用」：凡取材詩文片段，不易其文意，而另造新句；或引伸文意、反用文意，而另造新句者，均屬之。〔註35〕

從事接受史研究誠如陳文忠所言：「偉大作家和經典作品的接受史猶如生生不息的生命之流，作爲一個現代讀者，接受史研究者應貢獻自己的審美創見，推動這股藝術生命之流不斷向前。」〔註36〕爬梳上述文本研究與批評資料，融會作品和讀者交流的情況，考量各代獨

限公司，1991 年 5 月），頁 447～448。

〔註34〕王偉勇：〈兩宋檃括詞探析〉，見錄於王偉勇：《詞學專題研究》（臺北：文史哲出版社，2003 年 4 月），頁 332。

〔註35〕關於集句方式之類別，參王偉勇：〈兩宋集句詞形式考——兼論兩宋集句詞未必盡集前人成句〉，見錄於王偉勇：《詞學專題研究》（臺北：文史哲出版社，2003 年 4 月），頁 288～290、326。

〔註36〕陳文忠：《文學美學與接受史研究》，頁 422。

特之期待視野，站在歷史的制高點，提出一己新見，才算是對文獻材料做最有效的取用。

三、研究架構

陳文忠《中國古典詩歌接受史研究》云：

> 人們對藝術作品的接受可區分爲相互聯繫的三個層面：作爲普通讀者的純審美的閱讀欣賞；做爲評論者的理性的闡釋研究；作爲創作者的接受影響和摹仿借用。與此相聯繫，古典詩歌接受史也可朝三個方面展開：以普通讀者爲主體的效果史研究；以詩評家爲主體的闡釋史研究；以詩人創作者爲主體的影響史研究。〔註37〕

接受史研究的重心是歷代讀者，同一時代的讀者，雖處於同一期待視野，卻有層次上的不同，可分爲「普通讀者」、「評論者」和「創作者」，聯繫對應到研究面向上，即「效果史」、「闡釋史」和「影響史」。然本論文並未直接據此作架構，而採取「一維歷時結構」，即不對作家的接受史作效果史、闡釋史和影響史的細分，完全按時間順序綜合性地評述作家在歷代的接受狀況。〔註38〕這是因爲筆者認爲接受史具有「史」的深邃意涵，時間上的延續性、累積性至關重要；其次，李煜詞的接受事實於各時間段落上常是效果史、闡釋史和影響史三者間交相滲透作用，而非互不干涉的，故難以劃清界限、獨立論述；這三個環節又共同受到當代期待視野的制約，是以先用朝代時間作爲主要之縱軸線，從第二章到第四章依次爲「宋代」、「明代」、「清代」；接著用「詞話、詞論」、「詞選、詞譜」、「再創作」當各朝代內部之橫軸線項目，如此展開經、緯線，方能編織出最完整之傳播效果、評價闡釋、創作影響等眾環節緊密扣合之歷時、共時網絡系統，翔實呈現李煜詞自宋至清的接受情況。筆者認爲「詞話、詞論」和「詞選、詞譜」均包含效果史和闡釋史意義，而「再創作」看似屬於影響

〔註37〕陳文忠：《中國古典詩歌接受史研究》，頁14。
〔註38〕陳文忠：《文學美學與接受史研究》，頁410。

史層面，卻和效果史、闡釋史脫離不了關係，甚至有著明顯呼應。另外，論詞絕句和長短句當中常見融合李煜詞句的情況，實兼具評論與再創作價值，可謂闡釋史和影響史層面的雙重疊合。然就論詞作品的原意觀之，仍重在論述李煜詞，故於「詞話、詞論」項目探討，亦列入再創作計數。

　　至於「金代」和「元代」，因甚為崇尚蘇、辛一派詞風，對唐五代詞極其冷淡，〔註39〕故本論文不立專章探討。所得金、元時期之零星接受材料，皆放入「宋代」一章。

　　最後，針對時間範圍作一界定說明：本論文所欲研究者，係李煜詞從宋代至清代的接受情況，故前述文獻取材，尤其是歷代批評資料，時間上即以清代作斷限，民國以後之評論，僅為輔助之用。而生年橫跨清代和民國者，以其卒年為據，卒於民國者，即歸屬於民國。如王國維的《人間詞話》以境界說觀點述及李煜之言論雖甚多，也甚為著名，然王氏卒於民國年間，故不列入討論。至於晚清四大家王鵬運、鄭文焯、朱祖謀、況周頤之情況較為特殊，雖然後三家皆卒於民國年間，但是他們屬臨桂詞派詞人，而臨桂詞派的理論對常州詞派多所繼承，可視為常州詞派的延續，且四大家對詞壇貢獻卓越，影響甚鉅，故此四家之言極具參考價值，本論文遂列入清代析論。

　　另外，和清末民初的狀況相似的，明末清初之詞人同樣容易出現朝代界定的問題，為求一致，本論文以卒年為據，即卒於清代者，則歸屬於清代。如王夫之、余懷等人之詞作，《全明詞》和《全清詞·順康卷》俱收錄，然依其卒年，歸入清代探討。

〔註39〕金、元時代均崇尚清剛雄放的蘇、辛一派詞風，貶抑綺豔之情詞，元代更是曲代詞興，詞不受重視。花間以來陰柔軟媚的詞風，甚不合時人脾胃，金、元詞選亦皆不選唐五代之詞，故唐五代之詞遭受冷淡的待遇，僅偶有一二提及者，皆不成氣候。參高峰著：《唐五代詞研究史稿》（濟南：齊魯書社，2006年8月），頁31～35。

第二章　李煜詞宋代接受史

第一節　期待視野——時代背景與詞壇風氣

一、時代背景

（一）政治社會

　　北宋初，太祖有鑑於唐末以來的藩鎮割據，導致五代分裂混亂的局面，採取強幹弱枝、集權中央的政策，防範武將，又杯酒釋兵權，勸大將們及時行樂，實則趁機削弱其勢力，奪回兵馬掌控權；兼之重文輕武的基本國策，培植出一個陣容龐大的文人士大夫階層。由於朝廷優厚的禮遇奉祿，免除了士大夫對日常溫飽生計的後顧之憂，間接鼓舞了滿朝文武流連於聲色歌舞的場所，盡情過著淺斟低唱的生活。一般貴族子弟乃至士大夫，幾乎都養著家妓，教些歌曲，作為娛賓遣興的準備。地方官吏送往迎來，也都有歌妓奉承，幾乎成了慣例。種種因素皆使文人和官妓、家妓、市井藝妓接觸的機會大增，公私宴飲，妓女歌詞以娛賓侑觴，為詞的發展提供相當有利的環境條件，特別是唐五代以來的小令，經過無數作家的實踐，在格律、聲調上趨於定型，風格、藝術上也登峰造極。〔註1〕

〔註 1〕龍榆生：〈宋詞發展的幾個階段〉，見錄於龍榆生：《龍榆生詞學論文

到了仁宗朝，休養生息幾十年後，社會經濟日漸繁榮，農業、商業等發展，進入全盛時期，首都汴京富庶、市民文化興起，世俗享樂的生活方式及其文化審美趣味促使詞體日益興盛，加上教坊新曲的盛行，因應娛樂需求，使得唐以來即有的「今體慢曲子」為士大夫階層所注意，開始替慢曲長調製作新詞。張先、柳永二人可說是開路先鋒，他們突破文人身分的矜持，投入這片園地的耕耘，讓長調慢詞茁壯拓展，並於北宋中後期取代小令的地位，真正形成詞入宋代所特有的風貌。〔註2〕

另一方面，朝廷內部的衝突，也是熱衷報効國家的士大夫們所容易遇到的困境。人人皆有一己治國的理念、主政者變法時過於自信自負、推行新政牽扯到利益分配問題等諸多原因，加上協調不當，派系紛爭便爆發了。北宋真宗、仁宗時，黨爭已然公開化，呂夷簡、文彥博等與韓琦、范仲淹、歐陽脩等，形成明顯的對立，慶曆新政受挫；神宗時王安石變法，蘇軾、黃庭堅、秦觀等人皆捲入其中，備嚐磨難。〔註3〕被貶官者，失去政治舞台，對士大夫而言，人生缺憾莫大於此，痛苦於無法施展抱負，將此幽微難言之情寫入詞篇，促使詩化之詞發展盛行。最明顯的例子，即是蘇軾詞至黃州而一變，歸根究柢，政治上的新舊黨爭實為主要契機。沈松勤論斷曰：「黨爭不僅改變了詞人的政治命運，也改變了其詞創作的價值取向，使詞在文化品格和文化層次上發生新變，得與傳統的言志之詩並駕齊驅。這一點不僅體現在蘇軾的黃州詞中，在同時代的其他有關詞人的創作實踐中，也是十分明顯的。從社會文化的角度觀之，成型於蘇軾的雅詞與俗詞同源分流

集》（上海：上海古籍出版社，1997年7月），頁215～216；黃雅莉：《宋代詞學批評專題探究》（臺北：文津出版社，2008年4月），頁626～627。

〔註2〕龍榆生：〈宋詞發展的幾個階段〉，見錄於龍榆生：《龍榆生詞學論文集》，頁217～218；黃雅莉：《宋代詞學批評專題探究》，頁627。

〔註3〕鄧喬彬：《唐宋詞美學》（濟南：齊魯書社，1993年12月），頁163～164。

的局面，在北宋中、後期賴以延伸，新舊黨爭依然是一個不可或缺的基礎。」〔註4〕可見黨爭促成詩化之詞的關鍵性。

清代田同之《西圃詞說》云：「詞始於唐，盛於宋。南北歷二百餘年，畸人代出，分路揚鑣，各有其妙。至南宋諸名家，倍極變化。蓋文章氣運，不能不變者，時爲之也。」〔註5〕靖康之難的時代變故，使南宋詞人重新省視詞作內容，鑑於內憂外患的社會環境，文人士大夫都意識到應以國家現實爲重，〔註6〕許多南渡詞人從過往淺斟低唱的太平夢境中驚醒，遂一變香豔溫婉之詞風爲淒厲雄勁、悲壯激烈，或寫家國之痛，或書報國之懷，開啓南宋雅詞創作的序幕。〔註7〕

詞起於民間，本是一種音樂文學，是先有詞調後再填入詞文的，從這一點而言，音樂性比文學性來的重要，然而文人化的過程使其逐漸喪失音樂性，連帶造成傳播接受途徑的改變，逐漸由「文本→閱讀者兼歌者→聽眾」爲主轉而爲「文本→讀者」爲主了。〔註8〕因爲詞原先必須透過歌者這個中介者當介質，唱曲詮釋文辭再傳達至聽眾耳中，而秦樓楚館或名公巨卿家中唱曲之歌伎，幾乎都是由女子擔任，是以詞相當程度必須符合歌者的特質，如文辭要比較通俗、音律要諧婉、格調要婉媚。〔註9〕詞受文人染指之後，其音樂性和文學性便開始衝突，在不斷詩化、雅化的進程中，此消彼長，音樂性越來越不如文學性重要，終至歌者的中介地位變得可有可無，而以文辭爲優先，

〔註4〕　沈松勤：《唐宋詞社會文化學研究》（杭州：浙江大學出版社，2000年1月），頁336。

〔註5〕　清・田同之：《西圃詞說》，見錄於唐圭璋編：《詞話叢編》（北京：中華書局，1986年11月），冊2，頁1454。

〔註6〕　黃雅莉：《宋代詞學批評專題探究》，頁650。

〔註7〕　沈松勤：《唐宋詞社會文化學研究》，頁344。

〔註8〕　趙山林：〈詞的接受美學〉，見錄於唐圭璋等編：《詞學》（上海：華東師範大學出版社，1990年10月），第8輯，頁28～29。

〔註9〕　趙山林：〈詞的接受美學〉，見錄於唐圭璋等編：《詞學》，第8輯，頁24～27。

這個現象在蘇軾的「以詩爲詞」已見雛形。另一個原因則是南北宋之交，汴京淪陷，樂曲音譜散亂於戰火，導致詞的音樂性失落而不受詞人重視。愛國詞人們流離之際，悲從中來，借塡詞抒發身世之感，不期然趨向蘇軾一路。各個愛國作者的愛國思想和激越情感，傾注於這個「句讀不葺」的新體律詩中，爲這個高度藝術形式注入了許多新血液，於是這個本來附屬於音樂的特種詩歌形式，順應時勢脫離音樂，而自有其充分的感人力量。正因志在恢復成了一種時代精神，蘇軾「登高望遠，舉首高歌」的詞風，正與這一時代精神相契合，所以備受推崇，岳飛、張孝祥、陳與義、葉夢得、朱敦儒等人都傾向於蘇軾一路，不僅深深影響了詞壇的創作實踐，並成爲詞學理論的重要祈向，將之發揚光大而獨樹一幟者，首推辛棄疾。〔註 10〕宋金對峙、南北膠著的狀態，使一代愛國之士情願戰死沙場的報國宏願發而爲詞，既不失抗金復國之志，又難免壯志難酬之恨，故將南宋雅詞創作推向了第一個高峰。〔註 11〕

南宋偏安局定之後，首都臨安擁有湖山之美，也保持了相當一段時期的昇平氣象。因此，詞壇風尚又有所轉變。由於環境安逸，除了部分慷慨激昂者維持南渡初期的蘇軾路線，一般文人則特別重視柳永、周邦彥一派將音樂性和藝術性結合之詞，其中最出眾者，要屬姜夔。從辛棄疾與辛派詞人到姜夔與姜派詞人，南宋雅詞又進入了另一個演化階段，這一階段的總體特徵，便是典雅化，姜夔一派的形成，領導了南宋後期詞壇，影響甚鉅。〔註 12〕姜夔精通音律，雅好文學，集藝術家和詩人於一身，故能別開一派，把江西詩派的理論運用至塡詞當中，形成清空的詞風，與「蘇、辛」和「柳、周」兩派鼎足而三。姜夔的追隨者有周密、王沂孫、張炎等人，在南宋後期躍爲一股強大的主流勢力，與辛派後勁如劉辰翁、劉克莊等人分

〔註 10〕 沈松勤：《唐宋詞社會文化學研究》，頁 320～321。
〔註 11〕 沈松勤：《唐宋詞社會文化學研究》，頁 353。
〔註 12〕 沈松勤：《唐宋詞社會文化學研究》，頁 367。

庭抗禮。〔註 13〕

　　如此觀之，自北宋中後期以降，詞壇上即有兩種傾向一直在互相拉扯，一是將詞與《詩經》以來的言志之詩相提並論；一是推尊定型於唐五代的、以歌妓為中介的「嫵媚」可歌的特性。〔註 14〕因為蘇、辛激揚排宕之風順應時勢而起，卻也漸與音樂脫離關係，固是別開生面，若就詞之本源乃依聲而成來說，則不能不以「別派」目之。知音識曲之士，慨舊譜之散亡，思所以挽救之，乃各潛心樂律，腔由自度，音節閑雅，歌詞典麗，製作悉由文士，謳歌盡付名姬，以環境與需要之不同，風格隨之轉變。姜夔、吳文英一派之昌盛，其來有自。〔註 15〕南宋歌詞，又往往參以琴曲，與北宋之作，音節多殊。家妓嫻習聲歌，即席賦詞，發之朱脣皓齒。其製詞訂律，又悉出諸文人，故所作非沈博絕麗，即清空拔峭，此又南宋詞風轉變之一大關紐。〔註 16〕姜、張一派之詞，其肆習者多世族家姬，其欣賞者又為達官貴戚，或文人雅士，湖山沈醉，以遣勞生。至於宋亡，乃一變而為危苦悽酸之調矣。〔註 17〕

（二）哲學思想

　　宋代可謂中國歷史上最為優待文人的一個朝代，也是文人讀書報國，以天下為己任最為熱衷的朝代。在朝中的士大夫們，多如范仲淹「先天下之憂而憂，後天下之樂而樂」〔註 18〕，深懷經世濟民的理想，

〔註 13〕龍榆生：〈宋詞發展的幾個階段〉，見錄於龍榆生：《龍榆生詞學論文集》，頁 227～230。

〔註 14〕沈松勤：《唐宋詞社會文化學研究》，頁 327。

〔註 15〕龍榆生：〈兩宋詞風轉變論〉，見錄於龍榆生：《龍榆生詞學論文集》，頁 249。

〔註 16〕龍榆生：〈兩宋詞風轉變論〉，見錄於龍榆生：《龍榆生詞學論文集》，頁 252。

〔註 17〕龍榆生：〈兩宋詞風轉變論〉，見錄於龍榆生：《龍榆生詞學論文集》，頁 252～253。

〔註 18〕宋·范仲淹：《范文正集·岳陽樓記》（北京：商務印書館《文津閣四庫全書》本，2005 年），冊 364，頁 209。

思量如何報効朝廷知遇之恩。即使遭貶謫，也是「身在江湖，心存魏闕」〔註19〕，惶恐中仍憂心國家社稷之前途與朝政之發展，非常具有士大夫的責任感。這樣的政治氛圍，使理學日漸昌明，其影響由隱微而顯著，《論語》、《孟子》、《大學》、《中庸》當中儒家禮教「忠君愛民」的思維模式，以及有關「天道」落實在修身、齊家、治國、平天下的理念，被士人奉爲圭臬、努力實踐。站在領導階層的士大夫，如晏殊、歐陽脩等人，也是不自覺地在此理念下恪守本分，因此宋人無論作詩、填詞都是尚理趣的，情感有一定程度的節制，收放拿捏有分寸。反映在詞中，就是一種不張狂的深度之美，這是既有錢又有閑的士大夫文人所追求的高層次的文藝境界與文化涵養，也是在理學系統影響下，所呈現的閑雅韻味。北宋眞宗朝之後，新政、變法伴隨黨爭紛起，對執著於盡忠報國的士大夫而言，無疑是一種難以言喻的動亂與傷害。長期遭傾軋者，內心焦慮一己之抱負才能無處施展，蘇軾的以詩爲詞，便是儒家「言志」理念的另類表現和傾訴方式，代表了許多不得志者共同的悲慨之情。

北宋末，歷經靖康之難的家國巨變，促進南宋以來程朱理學鞏固興盛，詞壇在此時代氛圍之下展開復雅尊體，興起一股自覺的雅化運動風潮。既主張詞「發乎情，止乎禮義」，負擔起「美化風俗」的任務，又高揚駿發踔厲的作風，要求詞傳導時代脈搏，載負時代精神，將此關注社會現實的務實精神付諸創作實踐。〔註 20〕如鮦陽居士特別將詞從「曲」的行列中剝離出來，納入「樂」的傳統，強調其「經夫婦，成孝敬，厚人倫，美教化，移風俗」的功能。王灼亦將詞的源頭直指《詩經》，以期恢復風雅的詩教傳統。到了南宋中期，政局安定後，有別於南宋初期以道德規範作爲衡量尺度的政教之雅，開

〔註19〕 語出《莊子・雜篇・讓王》：「身在江海之上，心居乎魏闕之下。」晉・郭象註：《莊子》（臺北：藝文印書館，1983 年 6 月），頁 513。
〔註20〕 沈松勤：《唐宋詞社會文化學研究》，頁 326；黃雅莉：《宋代詞學批評專題探究》，頁 650。

始崇尚清眞的和雅與姜夔的騷雅。在雅詞中，要求「情」、「欲」分離，寫風月涉及「欲」者爲俗詞，純寫「情」並趨向詩意者爲雅詞。情必須「發而中節」。在理學強力薰陶之下，南宋士人比北宋更注重高雅的生活情趣，其詞也更含蓄雅潔。〔註21〕要之，這個時期的詞壇在價值取向上，是以傳統儒學的詩教原則爲指歸，抑制世俗情欲的泛濫；在藝術風格上，則以蘇軾駿發踔厲的詞風爲祈向，貶斥綺羅香澤之態。〔註22〕

二、詞壇風氣

（一）士大夫詞人「富貴閑雅」之審美觀

讀者審美理想與藝術情趣的形成，必然受到時代制約與個人氣質的影響。北宋前期的宰相詞人晏殊、歐陽脩位高權重，在生活條件類似的情況下，他們承襲了南唐李璟、李煜、馮延巳一派雍容華貴的詞風。前面提過，宋代士人享有最優渥的待遇，故而「富貴」基調是其詞給讀者的共同印象。「富」是人擁有豐厚舒適的物質條件，浸潤其中，有著種種外在優渥的生活體驗；「貴」則是人的地位高，權力大，聲望顯赫。「富」與「貴」的涵意，本來都是較爲實質化的，當把「富貴」連用，來形容對詞的審美觀點，指的卻是內在抽象的神韻風格或精神境界。詞中要能透出「富貴」的氣息，光有外在的「富」是不夠的，因爲眞正的「貴」氣必須是經過醞釀，從內在自然散發出來的。表現「富貴」，不必通過堆砌華麗的字句或描寫堂皇的居室、名貴的服飾等來炫人耳目，譬如《紅樓夢》要呈現賈府飲食的氣派，絕不會誇張鋪陳山珍海味、大魚大肉，因爲眞正富貴到一個程度，看重的已非表層的物質，而講究在菜餚的精緻做工上。道道細膩繁複的做工，代表的是文化的涵養與藝術的洗鍊，這些細節卻常是隱藏、蘊含在貌不驚人的簡單食材內的。同樣的，晏殊詞中的富貴氣象，絕非虛有其

〔註21〕黃雅莉：《宋代詞學批評專題探究》，頁651～662。
〔註22〕沈松勤：《唐宋詞社會文化學研究》，頁313～327。

表、虛張聲勢地堆砌雕金鏤彩的詞藻就能展現的，誠如吳處厚《青箱雜記》卷五所載：

> 晏元獻公雖起田里，而文章富貴，出於天然。嘗覽李慶孫〈富貴曲〉云：「軸裝曲譜金書字，樹記花名玉篆牌。」公曰：「此乃乞兒相，未嘗譜富貴者。」故余每吟咏富貴，不言金玉錦繡，而惟說其氣象，若「樓臺側畔楊花過，簾幕中間燕子飛」、「梨花院落溶溶月，柳絮池塘淡淡風」之類是也。故公自以此句語人曰：「窮兒家有這景致也無？」〔註23〕

所謂「出於天然」者，即自然流露、不刻意做作的氣象神韻，「樓臺側畔楊花過，簾幕中間燕子飛」〔註24〕、「梨花院落溶溶月，柳絮池塘淡淡風」〔註25〕，畫面皆極淡雅恬和，較之李煜詞中仍可見些許金碧輝煌、豪奢外露的字眼，已是更上一層樓了。若非生活悠閒愜意、自我修養深厚的人，何來欣賞風景的閒心與雅致？又何嘗寫得出這般含蓄內斂、帶有些許輕愁的富貴詞句？這些詞句在在展現了受理學思維影響，內斂儒雅、有操守志節的宋朝士大夫所特有的氣質。故此「富貴」的審美觀在整個宋代詞壇具有深遠的影響，其所代表的是文人對精神生活高層次的嚮往與追求，展現士大夫厚實的文化修養，進而超越了對「富」的外在描摩，以淡雅的文字，透露出「貴」的內在氣象與神韻。〔註26〕李清照的〈詞論〉也是本諸此審美

〔註23〕宋・吳處厚：《青箱雜記》（北京：商務印書館《文津閣四庫全書》本，2005 年），冊 345，頁 59。

〔註24〕此二句詩乃宋代晏殊所作，然僅餘殘句，全詩面貌已不得見，《全宋詩》所輯亦此二句，註明出自《青箱雜記》，見北京大學古文獻研究所編：《全宋詩》（北京：北京大學出版社，1991 年 8 月），冊 3，卷173，頁 1967。

〔註25〕宋・晏殊：〈寄遠〉，全詩爲「油壁香車不再逢，峽雲無跡任西東。梨花院落溶溶月，柳絮池塘淡淡風。幾日寂寥傷酒後，一番蕭瑟禁煙中。魚書欲寄何由達，水遠山長處處同。」見錄於北京大學古文獻研究所編：《全宋詩》，冊 3，卷 171，頁 1941。又此詩題目一作「寓意」、「無題」。

〔註26〕黃雅莉：《宋代詞學批評專題探究》，頁 624～630。楊海明：《唐宋詞

標準的，例如她評秦觀詞：「專主情致而少故實，譬如貧家美女，雖即妍麗豐逸，而終乏富貴態。」〔註27〕詞若欠缺雍容典重的故實，即是欠缺了紮實的文化底蘊，而這奠基於文化底蘊的個人涵養，才是富貴氣象最重要的精神指標。然而北宋臺閣詞人又走出與南唐詞不同格調的「閑雅」路線。南唐詞所流露出的憂患意識以及國勢傾頹的哀愁感，在北宋昇平氣象的環境裡幾不復見，代之以哲理化的思致與人生感悟。「閑雅」之「閑」字在於表現悠閒冲遠之胸襟與寧靜淡泊之情懷，通過洗鍊的詞作，昇華一己的感情；而「雅」字則更多表現出士大夫的修養，能夠以理智約束情感，從情欲中超脫出來，轉化為從容優雅的姿態。〔註28〕故「閑雅」代表的不僅是富貴所伴隨而來的自信瀟灑，更是一種從理學思維體系與士大夫責任感當中，調和培養出來的風流蘊藉。〔註29〕

　　「富貴閑雅」此種士大夫階層所標榜的主流審美價值觀，明顯與詞體源自民間的世俗娛樂功能相違背，為破解其內容與格調上的矛盾局面，士大夫唯有將詞拉到自己的陣營裡面來，使其不斷趨「雅」，才能夠在享受詞體抒情功能的同時，兼顧其社會地位的優越感。〔註30〕如此一來，勢必造成宋代詞壇品味雅俗分流的狀況，下面的詞話便是具體的見證：

> 柳三變既以調忤仁廟，吏部不放改官，三變不能堪，詣政府。晏公曰：「賢俊作曲子麼？」三變曰：「祇如相公亦作曲子。」公曰：「殊雖作曲子，不曾道『綠線慵拈伴伊坐。』」柳遂退。〔註31〕

　　美學》（南京：江蘇教育出版社，1998年6月），頁44～46。
〔註27〕宋・李清照：〈詞論〉，見錄於徐北文主編：《李清照全集評注》（濟南：濟南出版社，1990年12月），頁245。
〔註28〕黃雅莉：《宋代詞學批評專題探究》，頁633。
〔註29〕黃雅莉：《宋代詞學批評專題探究》，頁632～634。
〔註30〕黃雅莉：《宋代詞學批評專題探究》，頁631。
〔註31〕宋・張舜民：《畫墁錄》，見錄於鄧子勉編：《宋金元詞話全編》（南京：鳳凰出版社，2008年12月），上冊，頁82。又當中「綠線慵拈

從「殊雖作曲子，不曾道『綠線慵拈伴伊坐』〔註32〕」可清楚看出柳永詞之格格不入富貴閑雅陣營的審美眼界。晏殊不著痕跡地諷刺了柳永，也貶抑了以柳永爲代表的市井詞風，與其劃清界限。士大夫在宋代本就具有崇高的社會地位，兼之晏殊等人權傾朝野，因此詞的主流審美標準，便由其掌控決定了。不論北宋、南宋，「雅」也一直是詞壇所崇尚的風範準則。

（二）詩化之詞

北宋前期之詞，較之唐五代，雖已呈現初步詩化的傾向，超越了流行歌曲的層次，有個性化的表白，但嚴格說起來，即使如李煜後期的詞作，仍不能算是達到「自覺地自我觀照、書寫自我形象與價值」的狀態，只能說是其生命情懷的自然流露，自覺意識尚未彰顯。北宋初的晏殊、歐陽脩亦如此，他們閑雅的詞風，雖然體現了圓融的哲理意蘊和生命觀照，所傳達的傷感或人生領悟，卻多半脫不開唐五代以來普遍化的相思別愁、惜時嘆逝。柳永之詞有部分較爲鮮明地表現他個人風流浪子的形象，以及羈旅行役的情緒，但仍難以斷絕與市井俗樂的關係，無法轉變類型。直到蘇軾以詩爲詞的出現，才正式意味對詞本色論下的類型化，進行了突破與革新。〔註33〕最具代表性的是其〈江城子〉（老夫聊發少年狂），蘇軾自得地說：「近卻頗作小詞，雖無柳七郎風味，亦自是一家。……令東州壯士抵掌頓足而歌之，吹笛擊鼓以爲節，頗壯觀也。」〔註34〕詞中流露的希望揚鞭策馬、投身戰場、盡忠報國的豪邁壯志，的確徹底突破淺斟低唱的侷限，對自己創出如此意氣風發的開闊格局，蘇軾非常有自信，認爲這種風格的詞作

伴伊坐」之「綠線」，其他版本多作「綵（一作彩）線」、「針線」。

〔註32〕宋・柳永：〈定風波〉（自春來），見錄於唐圭璋編：《全宋詞》（臺北：文光出版社，1983年1月），冊1，頁30。按：此句《全宋詞》作「針線閒拈伴伊坐」。

〔註33〕黃雅莉：《宋代詞學批評專題探究》，頁113～116。

〔註34〕宋・蘇軾：〈與鮮于子駿書〉，見錄於宋・蘇軾撰，孔凡禮點校：《蘇軾文集》（北京：中華書局，1986年2月），卷53，頁1569。

「自是一家」，能跟傳統婉媚之流相抗衡。此詞可謂蘇軾自覺地以士大夫的操守志節，發揮爲具體之作，將本來屬於詩的「言志」功能，帶入了詞中。因爲蘇軾意識到，要眞正改變詞壇風氣、提高詞的氣格，就必須與柳永之詞分道揚鑣，在柳七風味之外另立一家，建立一種符合文士清剛之氣的風格，爲詞注入陽剛豪放的新血，並藉以展露個人主體意志、情感和品格，成其詩人之詞的範式。〔註35〕

　　蘇軾之和柳永詞風劃清界限，想必仍有另一種意味，箇中緣由即是宋初以來「富貴閑雅」意識的延續，如沈松勤所言：

> 在當時士大夫鮮不寄意於「新聲」小詞，但「隨亦掃其跡」
> 的環境裡，蘇軾染指詞壇這件事本身，反映了上層文化精
> 英向下層世俗社會趨同的事實；但另一方面，他對深染市
> 井習氣的「柳七風味」時加貶損，主張在詞壇重振「詩人
> 之雄」，卻表現其仍不能放棄作爲文化精英的觀念與身分，
> 力求維護上層文化傳統的矜持與價值取向而同下層世俗文
> 化保持一定的距離。〔註36〕

「文化精英的觀念與身分」正是文人士大夫所矜持的，這樣分析蘇軾內心欲「同下層世俗文化保持一定的距離」，可謂一針見血。

　　若再進一步探究蘇軾「以詩爲詞」的深層原因，則和北宋黨爭形態密切相關，據沈松勤《北宋文人與黨爭——中國士大夫群體研究之一》所述：

> 北宋黨爭則由不同的政見引起，就其範圍而言，以文人士
> 大夫爲限，就其主體結構觀之，既是政治上的主體，又是
> 文學上的和學術上的主體，政治主體、文學主體和學術主
> 體溶於一身。因此，北宋黨爭不僅出現了與學術合力共振
> 的現象，而且又與文學產生了緊密的聯繫。這一複合型的
> 主體結構及其表現形態，使北宋黨人在喜同惡異、黨同伐
> 異的過程中，形成了有別於其他時代朋黨之爭的一個鮮明

〔註35〕黃雅莉：《宋代詞學批評專題探究》，頁117～120。
〔註36〕沈松勤：《唐宋詞社會文化學研究》，頁302。

特點，即興治文字獄，以「文字」排擊異黨和在排擊異黨
時，禁毀「文字」。由此造成的文人士大夫因「文字」而遭
斥被貶，和包括學術、文學和史學等多種文化層面的「文
字」因黨爭而遭禁被毀的命運，也是在其他時代的黨爭中
少見的。〔註37〕

新舊黨爭的對立雙方為排除異己，而用詩、文等傳統上所習見的言志
載體來興治文字獄，蘇軾的烏臺詩案就是明證，可見除了在藝術風格
上企圖維護宋初晏殊、歐陽脩以來所認同的上層菁英「富貴閑雅」的
主流審美觀，蘇軾的以詩為詞、寄託政治抱負和內心的難言之隱於
詞，和清初士人為避文字獄禍端而尊詞體、寄託言志之深意於詞中的
因素，在某種程度上竟然如此相像，難怪清代詞人會以宋詞為正宗依
歸，並發展出南北宋之爭了。

　　然而蘇軾所倡導的詩化之詞受李清照批評為「句讀不葺之詩」，
因為蘇軾強調了詞的文學性意義，卻導致有時為了表情達意的需要，
而不喜剪裁以就音律，重內容甚於形式的結果，難免陷本屬音樂文學
之詞於根基動搖的窘境，故李清照欲矯正這種對音樂性的忽視，其
〈詞論〉即在這點上與蘇軾以詩為詞有所衝突。不過，李清照強調的
「詞別是一家」，實際上早已不經意地借用了詩歌格調的諸多標準，
因此，本質上而言，詩化之詞乃北宋中期發展出來的共識理念，確立
了詞具有詩的「言志」功能，最終目的在於推尊詞體、維護詞高雅的
格調。〔註38〕

　　《四庫全書總目提要》云：「詞自晚唐五代以來，以清切婉麗為
宗。至柳永而一變，如詩家之有白居易；至蘇軾而又一變，如詩家之
有韓愈，遂開南宋辛棄疾等一派。」〔註39〕南北宋之際，遭逢國難與

〔註37〕沈松勤：《北宋文人與黨爭——中國士大夫群體研究之一》（北京：
　　　　人民出版社，1998年12月），頁115。
〔註38〕黃雅莉：《宋代詞學批評專題探究》，頁130～140。
〔註39〕清·永瑢、紀昀等：《四庫全書總目提要》（臺北：臺灣商務印書館，
　　　　1983年10月），卷198，頁4144。

民族危機，激發詞人們的愛國情操，時代對於詞提出新的要求，以辛棄疾爲代表的愛國詞派，繼承並發展了蘇軾的詞風。「以文爲詞」便是在「以詩爲詞」的基礎上進一步的拓展，表現出更爲豐富的內容和豪放橫奇的風格。南宋多以「志」、「氣」論詞，強調詞人要有英雄的懷抱，同時要關注國家與時代脈動。詞這一抒情載體，遂擔當大任，成爲氣節與功業的陶寫之具，詞文內容也躍身爲政治現實的直接反映。〔註40〕

（三）雅詞發展臻於極致

　　如果說，蘇門的雅俗之辨側重於藝術上的風格論，其所貶斥的主要是塵俗的柳七風味及其流風，而並不否定「新聲」小詞作爲世俗生活和世俗情欲之載體的文化品格；那麼，隨著靖康之變，北宋滅亡，南方詞人激於家仇國恨，詞風爲之一變，雅俗之辨則爲上層高雅文化的精神所傾注。所以不僅柳永的塵俗之詞再次成爲被貶的對象，自溫庭筠以來反映世俗生活與情欲的俗詞，也遭致強烈的批判。這種新變深深根植於士大夫階層身丁興廢、憂懷國事的心理，具有很強的時代感與現實感。〔註41〕

　　南宋中期之後，偏安之勢已定，「暖風薰得遊人醉，直把杭州作汴州」〔註42〕，生活安逸之餘，開始對詞要求精美。詞壇上除了蘇、辛詞派後勁，仍在延續救國濟世的壯烈激情以外，姜夔與吳文英兩種類型的詞風，也日漸興盛起來。沿著李清照對詞音樂格律的講究，張炎的《詞源》、沈義父的《樂府指迷》等，皆詳論音律，嚴守規範。「合律」與「典雅」成爲南宋後期詞壇審美的最高指標，也使詞的雅化達到極致。

〔註40〕黃雅莉：《宋代詞學批評專題探究》，頁 141～142。
〔註41〕沈松勤：《唐宋詞社會文化學研究》，頁 310～311。
〔註42〕宋・林升：〈題臨安邸〉，全詩爲「山外青山樓外樓，西湖歌舞幾時休。暖風薰得遊人醉，直把杭州作汴州。」見錄於北京大學古文獻研究所編：《全宋詩》，冊 50，卷 2676，頁 31452。

　　吳文英和沈義父走的是周邦彥的「和雅」路線，張炎走的是江湖
詞人姜夔的「騷雅」路線。周邦彥詞以「渾厚和雅」著稱，善於鎔鑄
詩句，多用唐人詩語，檃括入律，長調尤善鋪排，富豔精工，這是因
爲周邦彥博涉百家之書，又好音樂，能自度曲，所以他能兼顧詞的音
樂性與文學性，達到含蓄蘊藉、錘鍊有度的極佳境界，〔註43〕故沈義
父曰：「凡作詞，當以清眞爲主。蓋清眞最爲知音，且無一點市井氣，
下字運意，皆有法度，往往自唐宋諸賢詩句中來，而不用經史中生硬
字面，此所以爲冠絕也。」〔註44〕又，沈義父標榜的作詞之法，乃源
自吳文英的主張：

> 蓋音律欲其協，不協則成長短之詩；下字欲其雅，不雅則
> 近乎纏令之體；用字不可太露，露則直突而無深長之味；
> 發意不可太高，高則狂怪而失柔婉之意。〔註45〕

講究藝術技巧之精粹，從音律、用字、發意各方面斟酌詞的章法意緒，
正是從創作理念與實踐上，去發揚密麗穠雅的吳文英詞。不過，沈義
父也說：「夢窗深得清眞之妙，其失在用事下語太晦澀處，人不可曉。」
〔註46〕道出吳文英承自周邦彥的線索，又直指吳文英詞深沉曲折、好
用代字僻典，造成「晦澀」的弊病，已然矯枉過正。詹安泰〈宋詞風
格流派略談〉提到「密麗險澀」時說：「以吳文英爲代表，遠祖溫庭
筠，近師周邦彥，講究字面，烹煉句法，極意雕琢，工巧密麗，往往
陷於險澀，面貌略近詩中李賀和李商隱，而更爲隱晦。」〔註47〕確爲
中肯之見。

〔註43〕黃雅莉：《宋代詞學批評專題探究》，頁 640～662。

〔註44〕宋・沈義父：《樂府指迷》，見錄於唐圭璋編：《詞話叢編》，冊 1，頁
　　　　277～278。

〔註45〕宋・沈義父：《樂府指迷》，見錄於唐圭璋編：《詞話叢編》，冊 1，頁
　　　　277。

〔註46〕宋・沈義父：《樂府指迷》，見錄於唐圭璋編：《詞話叢編》，冊 1，頁
　　　　278。

〔註47〕詹安泰：〈宋詞風格流派略談〉，見錄於詹伯慧編：《詹安泰詞學論集》
　　　　（汕頭：汕頭大學出版社，1997 年 11 月），頁 73。

　　沈義父《樂府指迷》傳吳文英詞法，以清眞詞作爲典範，講求下字運意的法度，而張炎《詞源》雖在字面、句法的要求上，與《樂府指迷》一致，卻更加重視詞的命意，主張用姜夔的「騷雅」來潤色清眞詞的意趣不高。〔註48〕姜夔是位求仕無門、際遇潦倒，嚐盡江湖流落辛酸之苦的詞人。縱然一貧如洗，卻不附勢媚俗、屈服權貴，故能保持其高雅的志趣襟懷與純潔的品格操守。作爲依附權貴的清客，其詞蕭散孤峭中隱藏著企望超脫，又不得不寄人籬下的悲慟；沉澱著洞察人情，又難抑深情的淒楚。〔註49〕流連山水、吟唱詩詞帶給姜夔短暫的喜悅與超然之感，他追求著魏晉名士的飄逸瀟灑與自得自在，人品正與詞品相合，如陳郁《藏一話腴》內編卷下所評：

> 白石道人姜堯章，氣貌若不勝衣，而筆力足以扛百斛之鼎。家無立錐，而一飯未嘗無食客。圖書翰墨之藏，充棟汗牛。襟期瀟落，如晉宋間人。意到語工，不期於高遠而自高遠。〔註50〕

張炎對於姜夔這種風骨天成、筆墨之外的傳神遠致，甚爲崇尚，其《詞源》即將之與吳文英對舉，提出「清空」與「質實」的高下之論：

> 詞要清空，不要質實。清空則古雅峭拔，質實則凝澀晦味。姜白石如野雲孤飛，去留無跡；吳夢窗詞如七寶樓臺，眩人眼目，碎拆下來，不成片段。此清空質實之説。……白石如〈疎影〉、〈暗香〉、……等曲，不惟清空，又且騷雅，讀之使人神觀飛越。〔註51〕

姜夔詞之所以清空騷雅，跟其詞特別著眼於意境品格有很大的關係，常通過景物渲染氣氛與情境，或通過詠物的形式，託物言志，藉其所塑造之物的形象，來象徵自己的現實形象和理想人格，可謂是一種比

〔註48〕黃雅莉：《宋代詞學批評專題探究》，頁335。
〔註49〕黃雅莉：《宋代詞學批評專題探究》，頁552～553。
〔註50〕宋・陳郁：《藏一話腴》（北京：商務印書館《文津閣四庫全書》本，2005年），冊286，頁606。
〔註51〕宋・張炎：《詞源》，見錄於唐圭璋編：《詞話叢編》，冊1，頁259。

興寄託的實踐。這種重視意境品格內化於詞中的實踐，其源頭仍應追溯自蘇軾，如劉少雄謂：

> 東坡以詩爲詞，用詩的語言、詩的情意融入詞篇，強化了詞的抒情效能。這種將詞體由坊間俗樂的屬性提升到文人雅製的層次，由娛樂、歌唱的性質改爲抒情、言志的文類，由講究文辭音律的諧美到著重格調意境之高遠，乃屬詞體本質性的衍變，自然形成，勢不可當。從此，文人爲詞，雅化、詩化已然成爲創作的精神指標，價值衡量的準繩。事實上，東坡以詩爲詞的觀念不只促進了豪放詞的發展，而且更深遠地影響了典雅詞派的理念。當中，詞之經由詩化、雅化而形成的「清」之爲美、有寄意爲高的概念，是一重要環節。〔註52〕

「由講究文辭音律的諧美到著重格調意境之高遠，乃屬詞體本質性的衍變，自然形成，勢不可當。從此，文人爲詞，雅化、詩化已然成爲創作的精神指標，價值衡量的準繩」，如此觀之，南宋後期典雅詞的興盛、詠物詞的風行，其脈絡就很是清楚了。當時如姜夔之流的江湖文人，在心態上迴避政治矛盾、冷淡功業建樹的反映，他們不求被理解，只求自我鑑賞，屬於消極的自我完成。他們不是不關心家國興衰，只是內化到藉詠物詞來涵攝政治、歷史的重大內容，故其詠物之作大都藉所詠之物，來寄託個人不合流俗的思想與家國興亡之感。故詹安泰曾說：「詞至南宋，最多寄託，寄託亦最深婉。」〔註53〕姜夔清空騷雅的詞風，代表了南宋文人共同的審美傾向，其核心是對晉宋人格的追慕，其所認可的「雅」，既是人品，也是詞品。〔註54〕

　　總而言之，從吳文英、沈義父對詞音律、字句、章法等形式上的講究，到張炎發揚姜夔對詞命意、寄託繫乎詞人品格，言志深入

〔註52〕劉少雄：《詞學文體與史觀新論》（臺北：里仁書局，2010年8月），頁101～102。

〔註53〕詹安泰：〈論寄託〉，見錄於詹伯慧編：《詹安泰詞學論集》，頁222。

〔註54〕黃雅莉：《宋代詞學批評專題探究》，頁553～557。

到生命層次的追求等內容的昇華，終於使詞的雅化達到精粹至極的境地，這也是南宋以來，文人的復雅追求，表現在詞壇的高度成就。其共同價值取向之展現，可由兩方面觀之，一是「志之所之，歸於雅正」之典雅內涵；二是「融化唐詩，以騷雅句法潤色之」之表現特徵，〔註55〕這兩方面可謂內容與形式的交相搭配。此派詞人在國勢垂危之際，或遭滄桑變故之後，傷時悼世，感慨沉至，體物述懷，託物言志，沉痛而不伉直，婉轉而不激烈，同時兼盡人工之巧；鍛鍊字句，遵循「製度之法」，使詞體明顯呈現出精美化、典雅化的特徵。〔註56〕

第二節　接受之具體呈現——詞話、詞論

　　宋代的詞論處於萌芽階段，主要集中在各種專門的詞話著作當中，也散見於筆記小說、詩話、序跋、野史等的零星記載與評論，因此，詞話與詞論的界線，通常不容易區分，加上詞話所涉及的層面非常廣泛，常是接受者在閱讀後，隨即寫上類似隨筆或小說評點的言辭，來表達一己感想或見解，故某種程度來說，詞論亦屬廣義的詞話。眞正算得上詞論的專門著作，僅北宋末年李清照的〈詞論〉與南宋沈義父的《樂府指迷》、張炎的《詞源》而已。〔註57〕詞話的普遍書寫模式與題材，造成宋人詞話、詞論中，涉及李煜詞者，種類相當多樣，層次上卻難以相提並論，分類舉例於下：

一、對李煜詞本事之探究

　　李煜未歸宋之前爲江南國主，環境富庶，生活浪漫奢華，如此，政治身分敏感，又與大小周后有微妙的三角關係、宮廷諸多享樂傳

〔註55〕沈松勤：《唐宋詞社會文化學研究》，頁368～390。

〔註56〕沈松勤：《唐宋詞社會文化學研究》，頁390。

〔註57〕劉慶雲編著、王偉勇編審：《詞話十論》（臺北：祺齡出版社，1995年1月），頁2～4。

聞，詞名遠播；歸宋後則遭囚禁於賜第，終日以淚洗面，屈辱不堪，最後還被宋太宗毒殺。種種情況，前後甚爲兩極，使得宋人將關注焦點放在這些小道消息上面，無論史書或筆記，多是先用極長的篇幅敘述其詞本事，再將詞作引入印證，有如在看傳奇故事一般。對詞本事感興趣的程度，遠超過重視詞文本身的價值。再者，詞話、詞論中出現不少異文現象，同一李煜詞句，隨引述者不同，字句均略有出入，這顯然與詞文本身不受重視有關。李煜詞本事流傳廣泛，人們注目的對象是本事，詞文常常只是順帶一提，口耳相傳，憑印象去記載，難免模糊不精確，誤差頻繁。因此，異文現象雖說和版本問題脫不了關係，卻也受時人對李煜詞文本身較不嚴謹的態度影響甚大。

（一）記敘李煜愛情生活與宮廷逸樂

1.〈菩薩蠻〉（花明月暗籠輕霧）

述及與小周后之幽會、使大周后病中怨怒以及後來迎娶之事，如馬令《南唐書》卷六《女憲傳》所載：

> 後主繼室周后，昭惠之母弟也。警敏有才思，神彩端靜。昭惠感疾，后常出入臥內，而昭惠未之知也。一日，因立帳前，昭惠驚曰：「妹在此耶？」后幼，未識嫌疑，即以實告曰：「既數日矣！」昭惠惡之，返臥不復顧。昭惠殂，后未勝禮服，待字宮中。明年，鍾太后殂，後主喪服，故中宮位號久而未正。至開寶元年，始議立后爲國后。……后自昭惠殂，常在禁中。後主樂府詞有「衩襪步香階，手提金縷鞋」之類，多傳於外，至納后，乃成禮而已。翌日，大醮群臣，韓熙載以下，皆爲詩以諷焉，而後主不之譴。
> 〔註58〕

蔡居厚《詩史》也有類似記載：

〔註58〕宋・馬令：《南唐書》（北京：中華書局《叢書集成初編》本，1985年），冊1，頁43。

後主繼后周氏，昭惠后女弟。開寶元年，冊立行親迎禮，民間觀者萬人。先是后寢疾，小周后已入宮中，后偶褰幔見之，怨至死，面不外向。後主製〈樂府〉豔其事，詞云：「花明月暗籠輕霧……。」詞甚狎昵，頗傳於外，至納后，乃成禮而已。翌日大宴群臣，韓熙載以下皆作詩諷焉，而後主不之譴也。徐鉉有〈納后夕侍宴詩〉云：「時平物茂歲功成，重翟排雲到玉京。四海未知春色至，今宵先入九重城。」又：「銀燭金爐禁漏移，月輪初照萬年枝。造舟已似文王事，卜世應同八百期。」〔註59〕

〈菩薩蠻〉一詞的本事流傳最廣，馬令和蔡居厚都記載了李煜和小周后幽會之事，其時大周后正生病，兩人背地裡偷歡，大周后情何以堪！「惡之，返臥不復顧」、「怨至死，面不外向」皆為大周后遭背叛、心碎自傷的具體寫照。此詞寫後不久即傳布開來，宋人之間早已口耳相傳，津津樂道，竟連小周后待年宮中、冊立為后之日，群臣諷刺之詩等後續發展也相當清楚，可見李煜這首豔情之作的傳播力之大。尤其「刬（一作袜）襪步香階，手提金縷鞋」〔註60〕一句，描繪生動，如在目前，惹人無限遐思，更受時人注意。

2.〈玉樓春〉（晚妝初了明肌雪）

述及「重按霓裳歌遍徹」中的〈霓裳羽衣曲〉乃大周后所修訂，如馬令《南唐書》卷六《女憲傳》：

後主昭惠后周氏，小字娥皇，大司徒宗之女，甫十九歲，歸於王宮。通書史，善音律，尤工琵琶。樂工曹生亦善瑟琶，按譜粗得其聲，而未盡善也。唐之盛時，〈霓裳羽衣〉

〔註59〕宋・蔡居厚：《詩史》，見錄於郭紹虞輯：《宋詩話輯佚》（北京：中華書局，1980 年 9 月），下冊，頁 468～469。

〔註60〕曾昭岷等編著：《全唐五代詞》（北京：中華書局，1999 年 12 月），上冊，頁 754。本論文所引李煜詞原文均出自此書，因李煜詞現存數量不多，茲以此書為據，將其詞內容、異文、詞調、詞題等相關資料，一併放在「附錄二」，並於各詞後標明《全唐五代詞》之出處頁碼，故後文不再加註、附頁碼。

> 最爲大曲,罹亂,瞽師曠職,其音遂絶。後主獨得其譜。⋯⋯
> 后輒易訛謬,頗去窪淫,繁手新音,清越可聽。〔註61〕

胡仔《苕溪漁隱叢話》前集卷二四亦有類似記載:

> 此曲世無譜,好事者每惜之。《江表志》載周后獨能按譜求
> 之。徐常侍鉉有〈聽霓裳送以詩〉云:「此是開元太平曲,
> 莫教偏作別離聲。」則江南時猶在也。〔註62〕

才貌雙全的大周后十九歲嫁給李煜,夫妻琴瑟和鳴,感情甚篤。〈玉
樓春〉一詞,重點固然在於描寫李煜帝王生活之豪奢快意,許多詞話
卻挑出其中大周后重修編定〈霓裳羽衣〉的事蹟,加以渲染,可見在
宋人心中,佳人手編樂曲的本事,遠比詞文本身動人。

(二)記敘李煜絕命詞作

1. 〈虞美人〉(春花秋月何時了)

推究李煜死因,如王銍《默記》卷上:

> 徐鉉歸朝,爲左散騎常侍,遷給事中。太宗一日問:「曾見
> 李煜否?」鉉對以「臣安敢私見之。」上曰:「卿第往,但
> 言朕令卿往相見可矣。」鉉遂徑往其居,望門下馬,但見
> 一老卒守門。徐言:「願見太尉。」卒言:「有旨,不得與
> 人接,豈可見也?鉉云:「我乃奉旨來見。」老卒往報。徐
> 入,立庭下,久之,老卒遂入,取舊椅子相對。鉉遙望見,
> 謂卒曰:「但正衙一椅足矣。」頃間,李主紗帽道服而出。
> 鉉方拜,而李主遽下階,引其手以上。鉉告辭賓主之禮,
> 主曰:「今日豈有此禮?」徐引椅少偏,乃敢坐。後主相持
> 大哭,乃坐,默不言,忽長吁歎曰:「當時悔殺了潘佑、李
> 平。」鉉既去,乃有旨再對,詢後主何言。鉉不敢隱,遂
> 有秦王賜牽機藥之事。牽機藥者,服之前卻數十回,頭足
> 相就如牽機狀也。又後主在賜第,因七夕,命故妓作樂,
> 聲聞於外,太宗聞之大怒;又傳「小樓昨日又東風」及「一

〔註61〕宋·馬令:《南唐書》,冊1,頁39。

〔註62〕宋·胡仔:《苕溪漁隱叢話》,見錄於鄧子勉編:《宋金元詞話全編》,
中冊,頁672。

江春水向東流」之句，併坐之，遂被禍云。〔註63〕

此則詞話細述徐鉉向宋太宗轉述李煜說的「當時悔殺了潘佑、李平」，引起宋太宗猜疑不快，加上〈虞美人〉詞句語帶雙關，而變成導火線，致使李煜遭賜牽機藥毒殺，死得極其悽慘之事。當中李煜和徐鉉的關係由君臣轉爲階下囚和密探，引人玩味，也爲之感到悲哀。這則詞話代表宋人推究李煜死因前後經過的普遍看法，其中「小樓昨日又東風」及「一江春水向東流」，受傳聞推波，也成了流傳甚廣的詞句。

2.〈浪淘沙〉（簾外雨潺潺）

述及李煜作了此詞後，不久即逝世，如蔡絛《西清詩話》：

> 南唐後主歸朝後，每懷江國，且念嬪妾散落，鬱鬱不自聊。嘗作長短句：「簾外雨潺潺，……」含思凄惋，未幾下世矣。〔註64〕

〈浪淘沙〉一詞之所以被認爲是前述〈虞美人〉（春花秋月何時了）之外，李煜絕命詞的代表作，其關鍵在於上片第二句「春意闌珊」和下片收束的末二句「流水落花歸去也，天上人間」互相呼應，眼前景象和心中感觸融合、貫穿全篇。當春天已到尾聲，李煜從眼前流水落花的消逝飄零，整個天地間充滿哀傷的氣息，連結到過往美好歲月以及祖先基業均隨流水落花一併逝去，永不復返。「流水落花」和「李煜本身」和「南唐家國」三者的命運瞬間糾纏一體，悲痛令人難以承受。李煜面對的現實只剩下無限的凄涼和莫大的絕望，「歸去也」三字隱然含有李煜不願再苟活受折磨的心酸和無奈，寧可像流水落花送春而去，當中慨嘆極爲深沉！如此解讀方能切合宋人認爲「含思凄惋，未幾下世」之意。

〔註63〕宋·王銍撰，朱杰人點校：《默記》（北京：中華書局，1997 年 12 月），卷上，頁 4。

〔註64〕宋·蔡絛：《西清詩話》，此則見錄於鄧子勉編：《宋金元詞話全編》，上冊，頁 375。

（三）記敘李煜之弟從善遭宋太祖扣留汴京之事

這是〈阮郎歸〉（東風吹水日銜山）一詞之本事，李煜爲此事難過哀傷。如陸游《南唐書》卷一六載：

> 從善字子師，元宗第七子。……開寶四年遣朝京師，太祖已有意召後主歸闕，即拜從善泰寧軍節度使，留京師，賜甲第汴陽坊。……後主聞命，手疏求從善歸國。太祖不許，上疏示從善，加恩慰撫，幕府將吏皆授常參官以寵之。而後主愈悲思，每憑高北望，泣下沾襟，左右不敢仰視。由是歲時游宴，多罷不講。嘗製〈卻登高文〉曰：「玉醊澄醪，金盤繡糕，茱房氣烈，菊蕊香豪。」……從善妃屢詣後主號泣。後主聞其至，輒避去。妃憂憤而卒。國人哀憐之。國亡改授右神武大將軍，太平興國初改右千牛衛上將軍。雍熙四年卒，年四十八。〔註65〕

宋太祖曾不止一次要求李煜到汴京朝見，〔註66〕李煜心知一去必遭扣留，總是稱病推辭。後來由李煜之弟從善代表前去，果然被強制留下，還賜府第給他居住。此則詞話即是記載李煜爲弟弟受制於宋朝，卻無能爲力、無可奈何，登高北望，不免傷感，便作〈阮郎歸〉〔註67〕遙寄兄弟，聊表心意。詞作內容和〈卻登高文〉的偏重雖不同，用意卻是一致的，可相呼應，均是表達國弱被人欺的無可奈何的感傷，失落、惆悵之意極爲明顯。

（四）記敘李煜於圍城中填詞之事

這是〈臨江仙〉（櫻桃落盡春歸去）之本事，如蔡絛《西清詩話》卷中：

〔註65〕 宋・陸游：《南唐書》（北京：中華書局《叢書集成初編》本，1985年），冊2，頁375～379。

〔註66〕 相關記載見宋・陸游：《南唐書》（北京：中華書局《叢書集成初編》本，1985年），冊1，頁67。

〔註67〕 〈阮郎歸〉全詞爲：「東風吹水日銜山。春來長是閒。落花狼藉酒闌珊。笙歌醉夢間。　　珮聲悄，晚妝殘。憑誰整翠鬟。留連光景惜朱顏。黃昏獨倚闌。」

南唐後主圍城中作長短句，未就而城破：「櫻桃落盡春歸去，蝶翻金粉雙飛。子規啼月小樓西，曲瓊金箔，惆悵捲金泥。　　門巷寂寥人去後，望殘煙草低迷。」余嘗見殘稿，點染晦昧，心方危窘，不在書耳。藝祖云：「李煜若以作詩工夫治國事，豈爲吾虜也？」〔註68〕

又，張邦基《墨莊漫錄》卷七亦載：

宣和間，蔡寶臣致君收南唐後主書數軸，來京師，以獻蔡條約之。其一乃王師收金陵城垂破時，倉皇中作一疏，禱於釋氏，願兵退之後，許造佛像若干身，菩薩若干身，齋僧若干萬員，建殿宇若干所，其數皆甚多。字畫潦草，然皆遒勁可愛。蓋危窘急中所書也。又有〈看經發願文〉，自稱蓮峰居士李煜。又有長短句〈臨江僊〉云：「櫻桃結子春歸盡，蝶翻金粉雙飛。子規啼月小樓西，玉鉤羅幕，惆悵捲金泥。　　門巷寂寥人去後，望殘煙草低迷。」而無尾句，劉延仲爲補之云：「何時重聽玉驄嘶？撲簾飛絮，依約夢回時。」〔註69〕

〈臨江仙〉一詞是否作於金陵城破時，宋人之間即有爭議，〔註70〕姑

〔註68〕　宋・蔡條：《西清詩話》，此則見錄於鄧子勉編：《宋金元詞話全編》，上冊，頁373〜374。

〔註69〕　宋・張邦基：《墨莊漫錄》，見錄於鄧子勉編：《宋金元詞話全編》，上冊，頁461〜462。

〔註70〕　如胡仔《苕溪漁隱叢話》針對《西清詩話》所論：《西清詩話》云：「南唐後主圍城中作長短句，未就而城破：『櫻桃落盡春歸去，蝶翻金粉雙飛。子規啼月小樓西。曲欄金箔，悵惆卷金泥。　　門巷寂寥人去後，望殘煙草低迷。』余嘗見殘稿，點染晦昧，心方危窘，不在書耳。藝祖云：『李煜若以作詩工夫治國事，豈爲吾虜也。』」苕溪漁隱曰：「余觀　太祖實錄及三朝正史云：『開寶七年十月，詔曹彬、潘美等率師伐江南。八年十一月，拔昇州。』今後主詞乃詠春景，決非十一月城破時作。《西清詩話》云後主作長短句未就而城破，其言非也。然王師圍金陵凡一年，後主於圍城中春間作此詩，則不可知。是時其心豈不危窘，於此言之，乃可也。」從胡仔舉出史書所記載之細節、時序爲證反駁，可見他不同意此詞作於金陵城垂破之際。見宋・胡仔《苕溪漁隱叢話・前集》（臺北：臺灣中華書局《四部備要》本，1981年6月），冊2，卷59，頁1。

且不論此詞確切填就時間，單就詞話內容觀之，可知宋人對於李煜此詞的興趣，還是較多著眼於詞本事。又，此詞末三句有李煜原作、劉袤（字延仲）和康與之續補的版本，因劉、康二人未見完整之作，故櫽括之，容待本章第四節探討。另外，值得一提的是，從《西清詩話》所載宋太祖謂「李煜若以作詩工夫治國事，豈為吾虜也？」則可見宋太祖對李煜詞抱持高度欣賞態度，甚而認為李煜若以作詩工夫治國，就不至於淪為亡國之君了。撇開政治上「成王敗寇」的立場，僅針對詞作藝術價值觀之，連宋太祖都對李煜詞評價極高，其他文人、士大夫想必也是讚賞的為多了。

上述各種類型的詞話，相似者眾，〔註71〕且多是先述及和詞作相關之軼聞逸事，再引詞為證。其重點在事，而非詞，故應視為對事不對詞。

二、對李煜言行之批評

針對〈破陣子〉（四十年來家國）末三句「最是倉皇辭廟日，教坊猶奏離別歌。垂淚對宮娥」，批評其不以社稷為重者，以蘇軾〈書李主詞〉為代表：

〔註71〕 像陸游將李煜絕命詞〈虞美人〉以及李煜偕小周后歸宋後的生活遭遇作了連結，其《避暑漫鈔》云：李煜歸朝後，鬱鬱不樂，見於詞語。在賜第七夕，命故妓作樂，聞於外，太宗怒，又傳「小樓昨夜又東風」，併坐之，遂被禍。龍袞《江南錄》云：李國主小周后隨後主歸朝，封鄭國夫人。例隨命婦入宮，每一入，輒數日出，必大泣，罵後主，聲聞於外，後主多宛轉避之。又韓玉汝家有李國主歸朝後與金陵舊宮人書云：「此終日夕只以眼淚洗面。」（鄧子勉編：《宋金元詞話全編》，中冊，頁 827）此外，佚名《江南錄》也記載了大周后修訂〈霓裳羽衣〉之事：〈霓裳羽衣曲〉自兵興之後絕無傳者，江南周后按譜尋之，盡得其聲。（鄧子勉編：《宋金元詞話全編》，下冊，頁 1778）內容相近之詞話常見於三種以上書籍記載，或將之重新組合一番，也都大同小異。至清代，此類情況更加明顯，幾乎將宋代各種史書、筆記資料翻出、融合再議。然清人比宋人進步之處，在於他們並未一面倒向發揮詞本事，而是將李煜詞作與詞本事作較完整的結合，使其詞作不再淪為詞本事的配角。容第四章探析。

> 三十餘年家國……。後主既爲樊若水所賣，舉國與人，故
> 當慟哭於九廟之外，謝其民而後行，顧乃揮淚宮娥，聽教
> 坊離曲哉？〔註72〕

此論乃站在士大夫對家國深懷責任感的立場，來責備李煜身爲一國之
主，卻言行失當，政治意味明顯，雖不近人情，卻不愧是以詩爲詞的
蘇軾，從「言志」的角度來貫徹宋朝士大夫的操守志節。蘇軾可謂〈破
陣子〉此詞的「第一讀者」〔註73〕，其論迴響不少，光在宋代就有正
反兩方聲浪出現，呼應者如洪邁《容齋隨筆》卷五：

> 東坡書李後主去國之詞云：「最是倉皇辭廟日，教坊猶奏別
> 離歌，垂淚對宮娥。」以爲後主失國，當慟哭於廟門之外，
> 謝其民而後行，乃對宮娥聽樂，形於詞句。予觀梁武帝啟
> 侯景之禍，涂炭江左，以至覆亡，乃曰：「自我得之，自我
> 失之，亦復何恨？」其不知罪己，亦甚矣。竇嬰救灌夫，
> 其夫人諫止之，嬰曰：「侯自我得之，自我捐之，無所恨。」

〔註72〕 宋・蘇軾：《東坡志林》（北京：中華書局，1981 年 9 月），卷4，頁
85。

〔註73〕 「第一讀者」的概念，最先由姚斯〈文學史作爲向文學理論的挑戰〉
提出：文學與讀者的關係有美學的、也有歷史的內涵。美學蘊涵存
在於這一事實之中：一部作品被讀者首次接受，包括同已經閱讀過
的作品進行比較，比較中就包含著對作品審美價值的一種檢驗。其
中明顯的歷史蘊涵是：第一個讀者的理解將在一代又一代的接受之
鍊上被充實和豐富，一部作品的歷史意義就是在這過程中得以確
定，它的審美價值也是在這過程中得以證實。陳文忠進而解釋曰：
所謂「第一讀者」，並非單純按字面上解釋成「第一個接觸到作品的
讀者」，因爲即便是最先接觸作品的讀者，卻未能留下影響後人的獨
特闡釋或評價，他實際上就未曾眞正進入接受史。因此，第一讀者
的定義是指「以其獨到的見解或精闢的闡釋，爲作家作品開闢接受
史、奠定接受基礎，甚至指引後人接受方向的那位特殊讀者」。從此，
這位第一讀者的理解和闡釋，便受到一代又一代讀者的重視，並在
一代又一代的接受之鍊上被充實和豐富。一部作品的歷史意義就在
這一接受過程中得以確定，它的審美價值也是在此過程中得以證
實。參〔聯邦德國〕H.R.姚斯、〔美〕R.C.霍拉勃著，周寧、金元浦
譯：《接受美學與接受理論》，頁 24～25；陳文忠：《中國古典詩歌接
受史研究》，頁 64。

梁武帝用此言而非也。〔註74〕

蕭參《希通錄》也是同聲討伐：

> 項羽夜聞漢軍四面皆楚歌，泣數行下，歌曰：「力拔山兮氣
> 蓋世，時不利兮騅不逝。騅不逝兮可奈何，虞兮虞兮奈若
> 何！」東坡《志林》載李後主去國之詞云：「四十年來家
> 國……」，東坡謂後主當慟哭於九廟下，謝其民而行，卻乃
> 揮淚宮娥，聽教坊離曲哉！歌辭淒愴，同歸一揆。然項王
> 悲歌慷慨，猶有喑嗚叱吒之氣，後主直是養成兒女子態
> 耳。〔註75〕

持異議者，如袁文《甕牖閒評》卷五：

> 蘇東坡記李後主去國詞云：「最是倉皇辭廟日，教坊猶奏別
> 離歌，揮淚對宮娥。」以爲後主失國，當慟哭於廟門之
> 外，謝其民而後行，乃對宮娥聽樂，形於詞句。予謂此絕
> 非後主詞也。特後人附會之耳。觀曹彬下江南時，後主豫
> 令宮中積薪誓言：「若社稷失守，當攜血肉以赴火。」其屬
> 志如此，後雖不免歸朝，然當是時更有甚教坊，何暇對宮
> 娥也。〔註76〕

從洪邁、蕭參、袁文的論調觀之，不管是表達不滿或爲之撇清，仍是
從士大夫的理念出發，洪邁將梁武帝一併列入責備；蕭參雖然肯定李
煜、項羽「歌辭淒愴，同歸一揆」，卻以項羽慷慨悲歌、猶見骨氣，
來批評李煜軟弱、養成兒女子態，流露不屑之意；袁文則是認爲李煜
身爲一國之主，不可能有「揮淚對宮娥」這樣荒唐的行爲，何況李煜
都已經準備「攜血肉以赴火」，與社稷共存亡了，這顯然也是用士大
夫「以家國爲己任」的一貫心態去思考事情，可見蘇軾作爲指引後人

〔註74〕 宋・洪邁：《容齋隨筆》（北京：中華書局，2005 年 11 月），上冊，
卷 5，頁 64。
〔註75〕 宋・蕭參：《希通錄》，見錄於明・陶宗儀：《說郛》（臺北：臺灣商
務印書館《景印文淵閣四庫全書》本，1986 年 8 月），冊 876，卷 6
下，頁 307。
〔註76〕 宋・袁文：《甕牖閒評》（臺北：臺灣商務印書館《景印文淵閣四庫
全書》本，1984 年 8 月），冊 281，卷 5，頁 9。

接受方向的那位特殊讀者，在宋代已然顯現其獨特闡釋或評價影響後人之處。此論縱然受到特定期待視野的制約，未能給〈破陣子〉一詞形式或內容方面較為中肯的審美評價，卻已確立蘇軾第一讀者身分的重要意義，甚至直到清代此論都還發揮莫大的影響，引來更多讀者參與表述意見，容第四章探討。不過，這些議論都是圍繞著李煜「聽教坊離曲、揮淚宮娥」的行為在打轉，當視為對人不對詞。此外，若姑且不管蘇軾此論是否過於執著士大夫的思維模式，而顯得偏激、不客觀，也忽略了詞作本身的藝術價值，然而對於李煜〈破陣子〉一詞的傳播來說，還是起到相當程度的推波助瀾的作用，想必當時與後世的許多讀者皆因其論而知曉此詞。

三、對李煜詞藝術價值之讚賞

在上述諸多繪聲繪影、長篇大論的詞話、詞論當中，李煜詞本身，可謂淪為詞本事或議論者評語的配角。詞本事固然有助於解讀詞作，然而過度渲染、批判，則已喧賓奪主，對事、對人而不對詞，成了資閒談的話題。故宋人詞話中，真正探討李煜詞內容者，實在寥寥可數，然皆讚賞其藝術成就，茲分三類述之：

（一）創作手法

讚賞李煜詞的創作手法，如陳郁《藏一話腴》甲集卷上：

> 太白云：「請君試問東流水，別意與之誰短長。」江南後主曰：「問君還有幾多愁，恰似一江春水向東流。」略加融點，已覺精彩。至寇萊公則謂：「愁情不斷如春水」，少游云：「落紅萬點愁如海」，青出於藍而青於藍矣。〔註77〕

俞文豹《吹劍錄》云：

> 李頎（按：應為李群玉）詩：「請量東海水，看取淺深愁。」
> 李後主詞：「問君還有幾多愁，恰似一江春水向東流。」秦

〔註77〕宋・陳郁：《藏一話腴》，見錄於鄧子勉編：《宋金元詞話全編》，中冊，頁1169。

少游則以三字盡之，曰：「落紅萬點愁如海」，而語益工。
劉改之〈多景樓〉詩：「江流千古英雄淚，山掩諸公富貴羞。」
一空前作矣。〔註78〕

又，羅大經《鶴林玉露》乙編卷一：

詩家有以山喻愁者，杜少陵云：「憂端如山來（按：應作齊
終南），澒洞不可掇」，趙嘏云：「夕陽樓上山重疊，未抵春
愁一倍多」是也。有以水喻愁者，李頎（按：應為李群玉）
云：「請量東海水，看取淺深愁」，李後主云：「問君都有幾
多愁？恰似一江春水向東流」，秦少游云：「落紅萬點愁如
海」是也。賀方回云：「試問閒愁知幾許，一川煙草，滿城
風絮，梅子黃時雨。」蓋以三者比之愁多也，尤為新奇，
兼興中有比，意味更長。〔註79〕

陳郁將詩、詞並舉，指出李煜詞「問君還有幾多愁，恰似一江春水向
東流」係融點李白詩〈金陵酒肆留別〉〔註80〕當中兩句意象而來，並
加以譬喻出之，揭示李煜詞善於借鑑唐詩的奧秘，此創作手法亦由宋
人承繼，如寇準詩「愁情不斷如春水」〔註81〕、秦觀詞「落紅萬點愁
如海」〔註82〕皆青出於藍而勝於藍。俞文豹也是看出詩詞創作手法一

〔註78〕宋・俞文豹：《吹劍錄》，見錄於鄧子勉編：《宋金元詞話全編》，中
冊，頁1396。

〔註79〕宋・羅大經：《鶴林玉露》，見錄於鄧子勉編：《宋金元詞話全編》，
中冊，頁1376～1377。

〔註80〕唐・李白：〈金陵酒肆留別〉，全詩為：「風吹柳花滿店香，吳姬壓酒
喚客嘗。金陵子弟來相送，欲行不行各盡觴。請君試問東流水，別
意與之誰短長。」見錄於清・清聖祖御定：《全唐詩》（北京：中華
書局，1960年4月），冊5，卷174，頁1784。

〔註81〕宋・寇準：〈追思柳惲汀洲之詠尚有遺妍因書一絕〉，全詩為：「杳杳
煙波隔千里，白蘋香散東風起。日落汀洲一望時，愁情不斷如春
水。」見錄於北京大學古文獻研究所編：《全宋詩》，冊2，卷89，
頁997。

〔註82〕宋・秦觀：〈千秋歲〉，全詞為：「水邊沙外。城郭春寒退。花影亂，
鶯聲碎。飄零疏酒盞，離別寬衣帶。人不見，碧雲暮合空相對。　憶
昔西池會。鵷鷺同飛蓋。攜手處，今誰在。日邊清夢斷，鏡裡朱顏
改。春去也，飛紅萬點愁如海。」見錄於唐圭璋編：《全宋詞》（臺

路相承的現象，李煜詞借鑑李群玉〈雨夜呈長官〉﹝註83﹞詩句的技巧，
李群玉詩以個「量」字，具體量化了愁的深淺；李煜詞則是以一江春
水向東流的綿綿不盡、滔滔不絕來比喻愁的多和長，這種表現方式又
直接影響了秦觀之詞、劉過之詩﹝註84﹞，越加讓俞文豹激賞。羅大經
所舉之例則更進一步，也更豐富，從修辭學上「以具體喻抽象」的觀
點來分析，指出以山喻愁、以水喻愁者，唐詩中即有之，如杜甫〈自
京赴奉先縣詠懷五百字〉﹝註85﹞、李群玉詩﹝註86﹞、趙嘏詩﹝註87﹞
中之句，後人之作雖佳，也另出新意，但嚴格說起來，仍不離此等借

北：文光出版社，1983 年 1 月），冊 1，頁 460。陳郁、羅大經均寫
「落紅萬點愁如海」，然《全宋詞》落紅之「落」，作「飛」，蓋因宋
人當時所見版本不同之故。

﹝註83﹞ 檢索《全唐詩》，可知俞文豹記錯了此詩作者，應為李群玉，而非
李頎。唐·李群玉：〈雨夜呈長官〉，全詩為：「遠客坐長夜，雨聲
孤寺秋。請量東海水，看取淺深愁。愁窮重於山，終年壓人頭。朱
顏與芳景，暗赴東波流。鱗翼思風水，青雲方阻修。孤燈冷素豔，
蟲響寒房幽。借問陶淵明，何物號忘憂。　　無因一酩酊，高枕
萬情休。」見錄於清·清聖祖御定：《全唐詩》，冊 17，卷 568，頁
6570。

﹝註84﹞ 核對《全宋詩》，可知劉過所寫關於多景樓之詩甚多，此首詩題應為
〈題京口多景樓〉，見錄於北京大學古文獻研究所編：《全宋詩》，冊
51，卷 2708，頁 31869。

﹝註85﹞ 核對杜甫原作，此二句應作「憂端齊終南（一作憂端際終南），澒洞
不可掇」，陳郁憑記憶隨手寫出而有誤。然觀原作句意，「齊終南」
也是以終南山之山勢來比喻憂端。唐·杜甫：〈自京赴奉先縣詠懷五
百字〉之末二句，見錄於清·清聖祖御定：《全唐詩》，冊 7，卷 216，
頁 2266。全詩太長，茲不檢附。

﹝註86﹞ 檢索《全唐詩》，可知羅大經記錯了此詩作者，應為李群玉，而非李
頎。見清·清聖祖御定：《全唐詩》，冊 17，卷 568，頁 6570。值得
注意的是，前述俞文豹《吹劍錄》引用此二句詩的時候，也將作者
記為李頎，羅大經和俞文豹同為宋人，如此，羅大經看過俞文豹之
作，或是俞文豹看過羅大經之作，以訛傳訛的可能性不小。又或者
此詩在當時被認為是李頎之作也未可知。姑且一提，本論文仍以《全
唐詩》為準。

﹝註87﹞ 「夕陽樓上山重疊，未抵春愁一倍多」此二句未見於《全唐詩》，亦
未見於陳尚君輯校：《全唐詩補編》（北京：中華書局，1992 年 10 月），
也無詩題，不知所出。

鑑之法則。值得注意的是，在陳郁、俞文豹和羅大經所舉例子裡，都提到李煜，李煜又恰好處於唐代與宋代之間的關鍵時間點，政治身分使其知名度高，作品流傳廣，是以若論借鑑唐詩修辭手法，運用至塡詞中來，並影響宋人甚鉅者，李煜功不可沒。秦觀的「落（一作飛）紅萬點愁如海」、賀鑄的「試問閑愁知幾許，一川煙草，滿城風絮，梅子黃時雨」〔註88〕等，均爲膾炙人口之名句，卻皆受過李煜影響。宋代此類例子不勝枚舉，其餘詞家如歐陽脩、李清照、辛棄疾等的著名佳句，都是在李煜此詞基礎上加以衍伸變化而來。〔註89〕宋人普遍

〔註88〕 宋・賀鑄：〈青玉案〉，全詞爲：「凌波不過橫塘路。但目送、芳塵去。錦瑟華年誰與度。月橋花院，瑣窗朱戶。只有春知處。　飛雲冉冉蘅皋暮。彩筆新題斷腸句。若問閑情都幾許。一川煙草，滿城風絮。梅子黃時雨。」見錄於唐圭璋編：《全宋詞》，冊1，頁513。

〔註89〕 從陳郁、俞文豹、羅大經這三則詞話，可看出宋人普遍對於借鑑前人詩詞創作經驗入詞，表示贊同並蔚爲風氣。其所借鑑李煜詞作，尤以〈虞美人〉（春花秋月何時了）末二句：「問君都有幾多愁。恰似一江春水向東流」受關注最多。這和李煜大力將唐詩創作技巧跨入塡詞當中，有很大的關係。將「愁」形象化，雖然唐詩就有，然而李煜以「一江春水向東流」比喻愁，情感較之前人，顯然更加奔騰有力、鮮明生動，因此對宋人啓發甚鉅、影響也最大。若說李煜詞的「一江春水向東流」是以「長度」意念來形象化「愁」，宋代諸多詞家則紛紛承此進一步拓展，或以不同之意象比喻，翻出新意。歐陽脩〈踏莎行〉（候館梅殘）「離愁漸遠漸無窮，迢迢不斷如春水」（《全宋詞》，冊1，頁123）加強了一江春水向東流的「遠」與「連綿不斷」的意念；秦觀〈千秋歲〉（水邊沙外）：「飛紅萬點愁如海」（《全宋詞》，冊1，頁460），以海之深之廣來比喻愁，擴展了一江春水「線」的意象，呈現「面」的意象；賀鑄〈橫塘路〉（凌波不過橫塘路）：「若問閑情都幾許。一川煙草，滿城風絮。梅子黃時雨」（《全宋詞》，冊1，頁513）則進一步有了立體感，煙草、風絮、梅雨分別由下、中、上方延伸散布，感受到愁是瀰漫在整個「空間」當中的；辛棄疾〈念奴嬌〉（野棠花落）：「舊恨春江流未斷，新恨雲山千疊」（《全宋詞》，冊3，頁1874）可見其繼承李煜一江春水流不斷之意念，又創造了「雲山千疊」的新意象，以雲和山所具有的層層疊疊的堆積特質，來比喻愁的「高度」，新穎動人；李清照〈武陵春〉（風住塵香花已盡）：「只恐雙溪舴艋舟。載不動、許多愁」（《全宋詞》，冊2，頁931）則以「重量」感來將愁具體化，推陳出新，亦見精彩妙絕。

借鑑唐詩入詞之風氣，已受學界認同，相關研究甚多，王師偉勇《宋詞與唐詩之對應研究》〔註90〕一書尤爲箇中翹楚之作。而由宋人詞話觀之，李煜可謂開啓宋詞借鑑唐詩風氣之先驅，其詞受到廣泛關注，當中創作手法也爲宋人學習仿效，此其身處五代，居於唐代、宋代之間，具有關鍵地位所致。

（二）整體風格

　　將李煜放在整個晚唐五代觀之，肯定其立格之功、奇巧之美，如王灼《碧雞漫志》卷二：

> 唐末五代，文章之陋極矣，獨樂章可喜。雖乏高韻，而一種奇巧，各自立格，不相沿襲。在士大夫猶有可言，若昭宗「野煙生碧樹，陌上行人去」，豈非作者？諸國僭主中，李重光、孟昶、霸主錢俶，習於富貴，以歌酒自娛。而莊宗同父興代北，生長戎馬間，百戰之餘，亦造語有思致。〔註91〕

王灼認爲唐末五代文章卑陋，唯樂章可喜，肯定詞體發展生機蓬勃的情況。他將李煜和孟昶、錢俶並舉，指出政治形勢類似之下，詞體受到習於富貴、以歌酒自娛者的提倡，造語有思致。

　　此外，有將焦點集中在李煜詞中故國之思、受到感動者，如黃昇《唐宋諸賢絕妙詞選》卷一評〈烏夜啼〉（無言獨上西樓）：

> 此詞最悽惋，所謂亡國之音哀以思。〔註92〕

李清照〈詞論〉謂：

> 五代干戈，四海瓜分豆剖，斯文道熄。獨江南李氏君臣尚文雅，故有「小樓吹徹玉笙寒」、「吹皺一池春水」之詞。語雖奇甚，所謂「亡國之音哀以思」者也。〔註93〕

〔註90〕王偉勇：《宋詞與唐詩之對應研究》，臺北：文史哲出版社，2004年3月。

〔註91〕宋・王灼：《碧雞漫志》，見錄於鄧子勉編：《宋金元詞話全編》，上冊，頁576。

〔註92〕宋・黃昇：《唐宋諸賢絕妙詞選》，見錄於唐圭璋等校點：《唐宋人選唐宋詞》（上海：上海古籍出版社，2004年10月），頁594。

〔註93〕宋・李清照：〈詞論〉，見錄於徐北文主編：《李清照全集評注》，頁245。

馬令《南唐書》卷五評〈子夜歌〉（人生愁恨何能免）亦云：

> 後主樂府詞云：「故國夢重歸，覺來雙淚垂。」又云：「小
> 園昨夜又西風，故國不堪翹首月明中。」皆思故國者也。
> 〔註94〕

上述黃昇、李清照、馬令三人，或從〈烏夜啼〉、〈子夜歌〉、〈虞美人〉
的個別詞句，或從南唐詞整體風格著眼，均體會出李煜入宋後，詞中
流露的亡國之音哀以思，肯定李煜詞的淒惋動人。此外，值得注意的
是，馬令記載的「小園昨夜又西風，故國不堪翹首月明中」，僅十六
個字，就和世傳李煜原作異文甚多，共有三處：小園應作「小樓」、
西風應作「東風」、翹首應作「回首」，特別是後兩者，若以關係到李
煜的死因來說，是不該失誤的。這個現象是宋人普遍將重心放在詞本
事上所致，對詞文字句本身不夠關注，態度自然也不嚴謹，不講究字
句的出入。

（三）個別詞句

對個別詞句進行玩味評點，如俞成《螢雪叢說》卷一：

> 杜詩「丹霞一縷輕」，李後主〈漁父〉詞「螢縷一鉤輕」，
> 胡少汲詩「隋堤煙雨一帆輕」，至若騷人於漁父則曰：「一
> 蓑煙雨」，於農夫則曰：「一犁春雨」，於舟子則曰：「一篙
> 春水」，皆曲盡形容之妙也。〔註95〕

俞成此則評說屬於即興式的隨筆，將其所見曲盡形容之妙的詩詞文
句，放在一起比較玩味。李煜〈漁父〉詞「螢縷一鉤輕」〔註96〕的
「輕」字，顯然是其注意之處。

再有趙令時《侯鯖錄》卷八評〈浣溪沙〉（紅日已高三丈透）
云：

〔註94〕宋・馬令：《南唐書》，冊1，頁36。
〔註95〕宋・俞成：《螢雪叢說》，見錄於鄧子勉編：《宋金元詞話全編》，中
　　　冊，頁1213。
〔註96〕「螢縷一鉤輕」一句出自李煜〈漁父〉（一棹春風一葉舟），原句作
　　　「一綸繭縷一輕鉤」，俞成記得意思，卻憑印象寫出而有誤。

> 金陵人謂中酒曰酒惡，則知李後主詩云：「酒惡時拈花蕊
> 嗅」。用鄉人語也。〔註97〕

趙令時指出李煜用鄉人語入詞，也是其觀察所得。「酒惡」〔註98〕此
語彙能抓住其目光，可見李煜詞白描不避俗語，反倒生動自然，令讀
者眼前一亮，有所觸動。

　　另外，胡仔《苕溪漁隱詞話》卷一記載了士大夫階層關注李煜詞
的情況：

> 雪浪齋日記云：「荊公問山谷云：『作小詞曾看李後主詞
> 否？』云：『曾看。』荊公云：『何處最好？』山谷以『一
> 江春水向東流』爲對。荊公云：『未若細雨夢回雞塞遠，小
> 樓吹徹玉笙寒。又細雨濕流光最好。』」〔註99〕

王安石雖然將李璟和馮延巳之詞皆誤作李煜詞，〔註100〕卻可以知道
宋代有部分文人在填詞之際，某種程度上，將李煜詞當作範本的情
況。而且黃庭堅能馬上說出他最欣賞李煜的「一江春水向東流」，可
見他讀過許多李煜的作品，李煜詞是他所喜愛和重視的。

（四）富貴氣象

　　對李煜詞中的富貴氣象表示認同，如曾慥《類說》卷三十四引《摭
遺》：

> 歐陽永叔曰：「詩，源乎心者也，富貴怨愁，繫乎所處。
> 江南李氏宮中詩曰：『簾日已高三丈透，……別殿時聞簫
> 鼓奏。』與『時挑野菜和根煮，旋斫生柴帶葉燒』之句異

〔註97〕宋・趙令時：《侯鯖錄》，見錄於鄧子勉編：《宋金元詞話全編》，上
　　　　冊，頁244。

〔註98〕「酒惡時拈花蕊嗅」一句，出自李煜〈浣溪沙〉（紅日已高三丈透）。

〔註99〕宋・胡仔：《苕溪漁隱詞話》，見錄於唐圭璋編：《詞話叢編》，冊1，
　　　　頁162。

〔註100〕「細雨夢回雞塞遠，小樓吹徹玉笙寒」乃李璟〈浣溪沙〉（菡萏香
　　　　銷翠葉殘）當中句子；「細雨濕流光」乃馮延巳〈南鄉子〉首句。
　　　　見曾昭岷、曹濟平、王兆鵬、劉尊明編著：《全唐五代詞》，上冊，
　　　　頁726、683。

矣。」〔註 101〕

前面提過，宋初士大夫崇尚「富貴閑雅」之詞，故而歐陽脩能讀出李煜〈浣溪沙〉〔註 102〕詞中的富貴氣象。雖然此則詞話的重點不在稱揚李煜詞富貴到何種程度，而是在舉例說明「詩，源乎心者也」，但能夠肯定的是，李煜入宋前的生活的確富貴優渥，方能自然地散發出富貴的韻味，由詞句反映出心境，並且讓歐陽脩明顯感受到。不過，即使李煜此詞透露出富貴意味，和真正霸氣的君王一比，仍嫌不足，如陳善《捫蝨新話》上集卷二的記載：

> 帝王文章自有一段富貴氣象。國初，江南遣徐鉉來朝，鉉欲以辯勝。至，誦後主〈月〉詩云云。太祖皇帝但笑曰：「此寒士語爾，吾不為也。吾微時，夜自華陰道中，逢月出，有句云：『未離海底千山暗，纔到中天萬國明。』」鉉聞，不覺駭然驚服。太祖雖無意為文，然出語雄傑如此。予觀李氏據江南全盛時，宮中詩云：「簾日已高三丈透，……」議者謂與「時挑野菜和根煮，旋斫生柴帶葉燒」者異矣。然此盡是尋常說富貴語，非萬乘天子體。……

〔註 103〕

陳善把李煜詞跟宋太祖詩作比較，站在政治優勢者的立場，說李煜只是「尋常說富貴語」，較之宋太祖「萬乘天子體」的雄傑氣魄，簡直是小巫見大巫了。以李煜和宋太祖的氣度相較，元代劉壎和陳善有相同看法，其《隱居通議》卷十一云：

> 漢高帝〈大風之歌〉曰：「大風起兮雲飛揚。威加海內兮歸故鄉。安得猛士兮守四方。」宋太祖詠日出之詩曰：「欲出未出紅刺刺。千山萬山如火發。須臾擁出大金盆，趕退殘星逐退月。」陳後主之詩曰：「午醉醒來晚，無人夢自驚。

〔註 101〕 宋・曾慥：《類說》，見錄於鄧子勉編：《宋金元詞話全編》，上冊，頁 473～474。

〔註 102〕 按：此詞首句《全唐五代詞》作「紅日已高三丈透」。

〔註 103〕 宋・陳善：《捫蝨新話》，見錄於鄧子勉編：《宋金元詞話全編》，上冊，頁 609。

夕陽如有意，偏傍小窗明。」南唐李後主之詞曰：「櫻桃落
盡春歸去，蝶翻輕粉雙飛。」又曰：「門巷寂寥人去後，望
殘煙草萋迷。」合四君之所作而論之，則開基英雄之主與
亡國衰弱之君，氣象不同，居然可見。〔註104〕

此論將漢高祖、宋太祖歸爲一組，屬開國之君，氣象恢弘；將陳後
主、李煜歸爲一組，屬亡國之君，氣象纖弱。並就詩詞中的意象比較
之，「大風」、「大金盆」與「小窗」、「小樓」，乃「大」和「小」之對
比；「風、雲、海內壯士」、「日出、火紅、千萬山」與「夕陽」、「殘
煙低草」，乃「高瞻遠矚、生機勃發」和「日薄西山、衰敗低迷」之
對比，可見劉壎觀察之細膩，較陳善更進一步，並舉四君，分成兩
類，議論中肯。

　　綜上可知，宋人雖說注意到了李煜詞的創作手法、修辭技巧以及
淒惋的風格，也加以肯定讚賞，然而就李煜所存詞作的數量與題材來
說，這些詞話、詞論探討的內容既不全面，也不夠深刻。筆者以爲，
這是受政治因素影響所致。李煜曾是政治身分與宋人對立的江南國
主，本身多才多藝，風流韻事流傳甚廣，是皇帝兼文人才子、藝術家
型的傳奇人物。李煜歸爲宋朝臣虜後，使得成爲政治優勢者的宋人，
對其人其事的興趣，遠大過其詞，而將焦點放在議論詞本事或李煜本
身等宮闈軼事、小道消息上面，顯然將這類情事當作茶餘飯後的熱門
話題；又或如蘇軾本著士大夫「言志」的品德操守，指責李煜言行不
當、有失一國之主的身分；再有從大宋王朝優越感出發，說李煜的帝
王氣象不足以和宋太祖相比等等，反而眞正涉及其詞本文的論述實在
不多。故就有宋一代總體的詞話、詞論而言，並未給予李煜詞全面而
系統的評價，這方面的接受程度並不高。

〔註104〕　元·劉壎：《隱居通議》，見錄於鄧子勉編：《宋金元詞話全編》，下
　　　　　冊，頁 1924～1925。

第三節　接受之具體呈現──詞選

　　每一部詞選，都各有特定的編選宗旨和選擇標準。選擇標準不同，所錄作品也就不一樣。而這種選擇標準，往往凝結或代表著當時一部份人的價值觀念和審美趨向。從詞選的選擇標準、選詞意圖的變化，可以考察各個時代詞學觀念、詞學思潮的變遷。〔註105〕從接受美學的觀點來看，詞選的消費，就是所謂「接受」的過程，包括認讀或使用（指選唱）、解釋闡發、思維受到影響、對原選進行第二次創作。〔註106〕因此，考察李煜詞於宋代的接受情況，由宋人所編詞選入手，將是不可或缺的重要環節。

　　基本上，北宋和南宋詞選，各有其時代特點：北宋之詞選，多為樂工選詞或非詞人選詞，雖沒有直接的記載可以查證，但從以下兩方面能夠大致做出推斷：其一，唐五代北宋之詞選多出自無名氏之手，選者不明，暗示了選者社會地位和知名度較低；其二，選詞時不重文字優劣，唯重諧唱與否。〔註107〕重歌輕詞的結果是：詞選面目較為雜亂，忽而見高雅之作，忽而又見鄙俗之詞。除可歌一條之外，沒有統一的選擇標準。由於選者的文化素養、藝術眼光和注意點諸多原因，所選出的作品一般藝術水平不高。通常選歌型詞選沒有統一的風格、固定的內容和較為穩定平衡的藝術層次。作品的文字，也往往為樂工挖改，以取便於上口諧唱，而與詞人原意原文形成一定距離。選歌型詞選還表現出不重視詞人的傾向，似乎早期作品之消費與作品著作權沒有聯繫，歌者只顧歌唱，而沒有必要知道唱的是何人之詞、作於何處、為何而作等。重歌輕人的結果，造成同一詞作被歸屬於二位（或二位以上、或無名氏）作者的狀況頻仍。唐五代和北宋詞人如馮

〔註105〕王兆鵬：《詞學史料學》（北京：中華書局，2004 年 5 月），頁 301〜302。

〔註106〕蕭鵬：《群體的選擇──唐宋人選詞與詞選通論》（臺北：文津出版社，1992 年 11 月），頁 17。

〔註107〕蕭鵬：《群體的選擇──唐宋人選詞與詞選通論》，頁 25。

延巳、歐陽脩、晏殊諸家的詞，彼此混淆，以及這期間許多作品，詞人姓氏失傳，無人認領。其原因固然與各家風格相近、個性不鮮明有關；與當日眾多詞人不願天下消費者知其出於自己之手有關，而歌者、選詞者重歌輕人的方式和態度，亦不得辭其咎。〔註108〕《尊前集》即爲典型的非詞人選詞之選歌型詞選。

到了南宋，詞選呈現出詞人選詞的特色：一、眞正選擇詞之本體，讓詞自身的文學性得到重視。編選者會關心詞的題材、藝術水準高低、風格類型如何等等，以文學的標準，取代音樂的標準。以往的選歌詞選，實際上是選聲選調，詞不被視爲文學作品，而僅爲音樂附庸，是旋律節拍之載體。〔註109〕二、具有一定程度的當代意識，使詞選呈現「背景化」傾向。選詞者不再囿於過去，總結古人；他們開始把觸角伸進當代詞壇，欲對尚未凝定的千變萬化的詞壇現狀進行整理和批評，甚至有所引導。〔註110〕三、主觀色彩較濃，貫穿有特定的審美理想和追求。逐步將選詞和創作標準等同起來，因爲詞人都有自己的創作風格、審美規範、詞學主張，既以類似創作的態度選詞，就絕對不可避免把這些主觀的東西挾帶進來。詞選由此通過選者（詞人）這一媒介，而與詞壇、詞人群發生緊密的聯繫。除了序論和評點等項之外，詞選整體所流露的情調、所展示的重心，以及序列狀況、取捨狀況等，都共同構成詞論。〔註111〕這類詞選，以《樂府雅詞》、《陽春白雪》等爲代表。另外，南宋的書坊商人也參與選詞刊刻之列。此種商人選詞現象，是唐五代北宋樂工歌者選詞逐漸消逝之後的一個替代和補充，因爲市井之間下層人民不能沒有自己的詞選。大多的書商，文化層次不高，選詞刻集，最爲關注的是營利。不過，因其目光繫於市井之間的流行動態，選詞特別面向大眾，領導了另一個消費層

〔註108〕 蕭鵬：《群體的選擇——唐宋人選詞與詞選通論》，頁26～27。
〔註109〕 蕭鵬：《群體的選擇——唐宋人選詞與詞選通論》，頁29。
〔註110〕 蕭鵬：《群體的選擇——唐宋人選詞與詞選通論》，頁29。
〔註111〕 蕭鵬：《群體的選擇——唐宋人選詞與詞選通論》，頁31。

次圈。〔註112〕《草堂詩餘》即爲此類之代表。

一、選錄情形

　　蕭鵬《群體的選擇——唐宋人選詞與詞選通論》曾作「唐宋人詞選三十種概況表」〔註113〕，編選時代上起於中唐到五代初的《雲謠集》，終於元初的《名儒草堂詩餘》。若扣除前後幾部非宋代所編之詞選，〔註114〕則宋人所編詞選約有二十五部。從二十五部詞選中，再扣除李煜詞不在編選所預設條件內者，如周密在編《絕妙好詞》時，本就只收錄南宋詞人之作，在時間斷限的設定上，不包括唐五代、北宋，李煜詞自然不會入選；又如黃大輿《梅苑》是一專題詞選，所收詞作均爲詠梅，或是爲了梅花相關之物件、情事而作，李煜詞自然也不會入選；最後再扣除不少已然亡佚的詞選，如《家宴集》、《蘭畹曲會》、《復雅歌詞》、《混成集》等，則選錄時段上含有李煜生存年代，且無特殊題材限制的詞選，有北宋佚名《尊前集》、佚名《金奩集》與南宋何士信《草堂詩餘》〔註115〕、黃昇《花庵詞選》〔註116〕此四

〔註112〕蕭鵬：《群體的選擇——唐宋人選詞與詞選通論》，頁32。

〔註113〕蕭鵬：《群體的選擇——唐宋人選詞與詞選通論》，頁42。

〔註114〕金代元好問的《中州樂府》在時段上雖和南宋有平行之處，但因其所選皆爲金代詞人之作，和本論文無涉，故排除不論。

〔註115〕此處《草堂詩餘》乃《增修箋注妙選群英草堂詩餘》之簡稱。宋代書坊原編之《草堂詩餘》二卷，經過南宋末何士信增修，而成爲今日所見大致樣貌，有前集二卷、後集二卷，是爲類編本。前集分春景、夏景、秋景、冬景四類後集分節序、天文、地理、人物人事、飲饌器用、花禽七類，有箋注，後間附詞話。明代顧從敬打亂類編秩序，重新按小令、中調、長調分編各詞，間採詞話，是爲分調本。本論文引《唐宋人選唐宋詞》一書，其所採用的爲較古老之類編本。參唐圭璋等校點：《唐宋人選唐宋詞》（上海：上海古籍出版社，2004年10月），上冊，頁491～492。

〔註116〕爲《唐宋諸賢絕妙詞選》十卷與《中興以來絕妙詞選》十卷之合稱。兩書原先是各自成書的，均名《絕妙詞選》，而以時間爲其區別，後人將兩書合併時，或因周密有《絕妙好詞》，故以編者黃昇之號「花庵詞客」，而取名《花庵詞選》，區別開來。其中之《唐宋諸賢絕妙詞選》收有李煜詞。

部，另從周泳先輯《唐宋金元詞鉤沈》當中得《蘭畹曲會》的殘卷，共五部。〔註 117〕這五部詞選中，除了《金奩集》之外，其他四部皆選有李煜詞。

那麼，該以何種方法進行調查？王兆鵬《詞學史料學》有言：

> 一部詞選，入選哪些人，各入選多少，都反映出選詞者的審美趣味和審美判斷。入選率越高的詞作，表明其受歡迎的程度越高，對讀者的影響力就越大。可以用計量分析的方法，統計說明詞史上哪些作品入選率最高，影響力最大。〔註 118〕

「計量分析」無疑是最為客觀的方法，從入選的有無，以及入選的數量多寡，得以直接呈現選詞者的審美標準，以及李煜詞受時人歡迎與否的狀況。以下即就宋人所編詞選當中選有李煜詞者，作一統計表格，並進一步對照探討。

二、分見各本概況

根據統計表格（請參見附錄四「表 2-1 李煜詞見錄宋代選本統計表」），察看四部收有李煜詞詞選的選錄標準，以便深入了解宋人審美觀點，並由此推知李煜詞的各種接受面貌。先作「縱向面」之分析：

（一）《尊前集》

選錄的時代範圍是唐五代，起於唐明皇，至前蜀李珣，共 36 家

〔註 117〕 宋・佚名：《尊前集》，上海：上海古籍出版社，2004 年 10 月（唐圭璋等校點：《唐宋人選唐宋詞》本）。宋・佚名：《金奩集》，上海：上海古籍出版社，2004 年 10 月（《唐宋人選唐宋詞》本）。宋・孔夷：《蘭畹曲會》，見錄於周泳先編並撰解題：《唐宋金元詞鉤沈》，民國 26 年（1937 年）商務印書館排印本，現藏於國家圖書館。宋・書坊原編、何士信增修：《增修箋注妙選群英草堂詩餘》，上海：上海古籍出版社，2004 年 10 月（《唐宋人選唐宋詞》本）。宋・黃昇輯：《花庵詞選・唐宋諸賢絕妙選詞》，上海：上海古籍出版社，2004 年 10 月（《唐宋人選唐宋詞》本）。

〔註 118〕 王兆鵬：《詞學史料學》，頁 302。

289 首，人均詞數 8.03 首。以詞人爲序編次，書中稱李煜爲「李王」，而李煜去世後才被追封吳王，故知其書成於北宋太平興國三年（978）之後。〔註119〕集名「尊前」，即酒杯之前，引伸爲酒筵宴席之前，可知其性質爲佐酒侑觴、娛賓遣興之「選歌型」詞選，編選目的是「應歌」。這類詞選的編者本身並非詞人，故不重視詞作和作者之間的聯繫，因爲樂工和歌伎只顧奏樂和唱詞，沒必要講究這詞是何人所作、爲何而作等文字方面的細節。〔註120〕此外，《尊前集》作爲《花間集》的補編與步趨者，造成其缺乏獨立性，沒有鮮明的主體風格，且所選訛誤不少。〔註121〕在這種條件下，李煜詞共入選 14 首，〔註122〕遠高於平均值的 8.03 首。可見李煜詞在當時的應歌場合是很熱門的，若以現代用語譬況，其詞必定常登上 KTV 點歌率排行榜，故知李煜詞不管是詞文內容或曲調旋律，都合乎大眾口味而受到喜愛。另外，《尊前集》雖然爲應歌而選，卻恰好反映出聽眾的需求。北宋前期的王公大臣、士大夫們，正是歌伎唱詞的主要聽眾，因此李煜詞必定符合他們的審美喜好，才入選這麼多首。這也呼應了詞話中所呈現的，士大夫作詞必先觀摩李煜詞的狀況。又士大夫中以晏殊、歐陽脩爲審美觀之主導，故李煜詞入選如此多首，必當符合其富貴文雅之標準。

（二）《蘭畹曲會》

因原書已佚，僅能由其他資料拼湊出大概：編選者孔夷，字方平，北宋元祐時人，隱居不出。〔註123〕相關記載見王灼《碧雞漫志》

〔註119〕 王兆鵬：《詞學史料學》，頁 307～308。

〔註120〕 蕭鵬：《群體的選擇──唐宋人選詞與詞選通論》，頁 25～26。

〔註121〕 蕭鵬：《群體的選擇──唐宋人選詞與詞選通論》，頁 92～94。

〔註122〕 這十四首當中，以現今研究的考證觀點來看，有四首並非李煜詞，分別是二首李璟詞作、二首溫庭筠詞作，然而這是古今的不同讀者有不同的接受看法所致，後面的詞選、詞譜亦如是。爲尊重個別編選者的接受看法，筆者仍列入計數，再用不同的標記符號以示區別。

〔註123〕 蕭鵬：《群體的選擇──唐宋人選詞與詞選通論》，頁 97。

卷二：「《蘭畹曲會》，孔寧極先生之子方平所集。序引稱無爲、莫知非，其自作者，稱魯逸仲，皆方平隱名，如子虛、烏有、亡是之類。孔平日自號澄皋漁父，與姪處度齊名，李方叔詩酒侶也。」〔註 124〕另據蕭鵬所言：「李廌方叔爲『蘇門六君子』之一，孔夷作詞又有摹仿秦觀風格的痕跡，似與元祐詞人群關係較密切。」〔註 125〕又黃昇《唐宋諸賢絕妙詞選》卷八選有魯逸仲三首詞，並於詞前總評：「詞意婉麗，似万俟雅言。」〔註 126〕可知孔夷曾化名「魯逸仲」作詞，又化名「無爲」、「莫知非」編選《蘭畹曲會》。因孔夷本身是詞人，其所編詞選，已稍微透露出擺脫選歌的端倪，〔註 127〕故能入選者，在詞文的藝術價值上，就需要具備一定的水準。又孔夷詞風似秦觀與万俟雅言，屬於婉麗一派，所選李煜〈搗練子〉（深院靜），必符合其尚婉麗之標準。

（三）《草堂詩餘》

　　南宋書坊原編二卷，成書約在慶元元年（1195）以前，復經何士信於淳祐九年至南宋亡前增修，而成爲今日所見大致樣貌，有前集二卷、後集二卷。所選時代橫跨唐五代至南宋末，共選 367 首，又以北宋爲重心，所錄多是婉約風格之作，周邦彥 58 首居冠，秦觀 24 首居次。爲便於歌者根據不同需要選擇相應詞作，故以題材爲序編次。〔註 128〕雖然書坊編者爲應歌的通俗需求而廣開選源，同時也放寬了對詞作藝術水準的把關，而有雜蕪之弊，卻不能否定其讀本與唱本功能合一的價值。〔註 129〕據此狀況而論，李煜詞入選 4 首，則其詞可

〔註 124〕　宋・王灼：《碧雞漫志》，見錄於唐圭璋編：《詞話叢編》，冊 1，頁 87。

〔註 125〕　蕭鵬：《群體的選擇——唐宋人選詞與詞選通論》，頁 97。

〔註 126〕　宋・黃昇：《唐宋諸賢絕妙詞選》，見錄於唐圭璋等校點：《唐宋人選唐宋詞》（上海：上海古籍出版社，2004 年 10 月），下冊，頁 662。

〔註 127〕　蕭鵬：《群體的選擇——唐宋人選詞與詞選通論》，頁 27。

〔註 128〕　王兆鵬：《詞學史料學》，頁 312～313。

〔註 129〕　蕭鵬：《群體的選擇——唐宋人選詞與詞選通論》，頁 143～145。

謂兼具文學素質與動聽曲調二長。不過若以數量來看，則4首實在太少，連前十名都排不進去，較之於《尊前集》入選14首的風光，可見其詞整體風格不甚符合南宋時人的愛好。爲何同爲應歌型詞選，《尊前集》與《草堂詩餘》所選李煜詞數量多寡懸殊？造成此現象之原因有二：一爲詞文方面，北宋與南宋審美觀隨時代變異之故，南宋隨雅詞發展，欣賞沉博絕麗、清空拔峭之作；二爲詞曲方面，唐五代及北宋詞歌唱時，主要用弦樂器伴奏，主樂器是琵琶。但北宋時已常用管樂器，以觱篥和笛協曲，如〈水龍吟〉、〈念奴嬌〉即是笛曲。南宋則以管色爲主樂器，姜夔的自度曲大都以啞觱篥和洞簫協曲，〔註130〕所謂「自作新詞韻最嬌，小紅低唱我吹簫」〔註131〕，南北宋詞樂顯然有其很大的不同之處，且南宋歌詞，又往往參以琴曲，宜其與北宋之作，音節多殊。〔註132〕因此，不管是伴奏樂器不同，所造成的聲情殊異；還是時代變遷之下，對詞作內容風格的審美觀點隨之轉變，均可見從北宋《尊前集》到南宋《草堂詩餘》這兩部爲應歌而編之詞選，選入李煜詞的數量有著極大落差。

（四）《唐宋諸賢絕妙詞選》

《花庵詞選》編選者黃昇，字叔暘，號玉林，又號花庵詞客。著有《玉林詞》，或稱《散花庵詞》。黃昇詞選以博觀約取見稱，據其自序：「佳詞豈能盡錄，亦嘗鼎一臠而已。然其盛麗如游金、張之堂，妖冶如攬嬙、施之袪，悲壯如三閭，豪俊如五陵，花前月底，舉杯清唱，合以紫簫，節以紅牙，飄飄然坐騎鶴揚州之想，信可樂也。」〔註133〕可說將不同類型風格的詞作都兼顧到了。《花庵詞選》編成於

〔註130〕 吳熊和：《唐宋詞通論》（杭州：浙江古籍出版社，1985年1月），頁150～151。

〔註131〕 宋・姜夔：〈過垂虹〉，見錄於北京大學古文獻研究所編：《全宋詩》，冊51，卷2724，頁32044。

〔註132〕 龍榆生：〈兩宋詞風轉變論〉，見錄於龍榆生：《龍榆生詞學論文集》，頁252。

〔註133〕 金啓華等：《唐宋詞集序跋匯編》（臺北：臺灣商務印書館，1993年

南宋淳祐九年（1249），當中收有李煜詞的是《唐宋諸賢絕妙詞選》十卷，共收 134 家 515 首，人均詞數 3.84 首，唐詞中以溫庭筠 10 首居冠，宋詞中以蘇軾 31 首居冠。所選來源參考自《樂府雅詞》、《花間集》、《尊前集》、《遏雲集》等前人詞選並自己家藏以及他書搜錄所得。其編選以詞人爲序，目的則是存史，故抱持較爲客觀之態度探錄詞作。然而因黃昇本身是位詞人，其標準自然與《草堂詩餘》之類爲應歌而編者有別，其選詞注重詞作的藝術性，著眼於典雅有致的佳詞，而非佳唱。對於鄙俚淫俗之作，幾乎都刪除不錄。〔註 134〕而李煜詞入選 6 首，高於平均值 3.84 首，可見其詞藝術價值備受黃昇肯定。《花庵詞選》還有一點值得注意的是其附有詞論，雖然層次不一，不少乃出自隨意評點，缺乏深度和系統性，卻可見黃昇編選之用心，這也是最早一部附有論詞評點的詞選。〔註 135〕其評李煜〈烏夜啼〉：「此詞最悽惋，所謂亡國之音哀以思。」看到「悽惋」韻味的同時，亦代表了宋人站在政治優勢者立場而持有的正面看法。

綜上所述，李煜詞在宋代詞選中，應歌型詞選與詞人選詞之詞選皆見錄，可謂雅俗共賞，然而入選數量差強人意，除了北宋《尊前集》入選較多之外，其餘均不甚理想。且《尊前集》之所以入選最多首，當與成書於北宋前期的時間點有關。因爲李煜善音律，其作也非曲高和寡之類型，故應多有採自民間曲調之處。而北宋時期，朝廷雖然倡議復古雅樂，但樂工歌妓大多無意於此，於是，朝廷上下、公私宴飲，歌詞之樂乃是隋唐以來流行於胡夷里巷的俗樂俗腔。〔註 136〕其詞受《尊前集》選入多首，主要原因正在於時代相距不遠。到了南宋，崇尚高雅的格調，對音律要求嚴謹，文人自度曲甚至斷絕了與民間新聲的聯繫，〔註 137〕兼之伴奏樂器不同，審美觀自然與北宋大異，而《草

2 月），頁 359。

〔註 134〕 蕭鵬：《群體的選擇——唐宋人選詞與詞選通論》，頁 152～155。
〔註 135〕 蕭鵬：《群體的選擇——唐宋人選詞與詞選通論》，頁 158～159。
〔註 136〕 黃雅莉：《宋代詞學批評專題探究》，頁 664。
〔註 137〕 吳熊和：《唐宋詞通論》（杭州：浙江古籍出版社，1985 年 1 月），

堂詩餘》原編者既屬書坊中人,則對時代潮流必定敏感,故其選入的李煜詞,爲最膾炙人口的〈虞美人〉(春花秋月何時了)、〈浪淘沙〉(簾外雨潺潺)以及格調較符合時人雅致標準的〈玉樓春〉(晚妝初了明肌雪)與〈阮郎歸〉(東風吹水日銜山)。

從北宋詞選到南宋詞選,其中的最大轉變,就是從選歌型詞選爲主到詞人選詞的詞選爲主,反映了詞的音樂性與文學性雙方存在長久的衝突與拉拒後,文學性勝於音樂性的過程,亦即傳播接受的途徑改變,逐漸由「文本→閱讀者兼歌者→聽眾」爲主,轉而爲「文本→讀者」爲主,這和詞的文人化是一體兩面的現象,如趙山林所言:

> 歌者的接受與讀者的接受,在一定環境裡,一定程度上是一致的。在這種情況下,詞以歌傳與詞以文傳並行不悖。……但由於文化教養、審美趣味的不同,二者之間自然存在差異。……這樣發展下去,詞的音律與辭章就逐漸分離,而詞的接受方式也就逐漸由「文本→閱讀者兼歌者→聽眾」爲主轉而爲「文本→讀者」爲主了。〔註138〕

由於歌者的文化素養多半不如原作者與讀者,這樣的情況發展到後來,詞越來越朝詩化、雅化的路線走去時,落差必然越來越大,爲了文學性而逐漸割捨音樂性也是自然而然、不爭的事實。如此一來,不用透過中介的歌者,也不再拘泥音樂格律,詞的文學性便擁有更大的自由發展的空間,詞人選詞的詞選所蘊含的選家標準更能一覽無遺。察看詞人選詞的詞選(《蘭畹曲會》僅餘殘卷,故不包含在論述當中),選詞者在選詞時,所採用的標準和原則往往因人而異,因選者各出手眼而展現出不同的審美觀念,這些不同的目的和動機,反映著編選者對詞的認識和理解,而所有個體的思想認識,不會只是純個人的觀點,它也映設著時代的特點。南宋詞選如《樂府雅

頁 149。

〔註138〕趙山林:〈詞的接受美學〉,見錄於唐圭璋等編:《詞學》,第 8 輯,頁 28~29。

詞》、《復雅歌詞》在名稱上冠以「雅」字，可見「雅」乃是時代的風尚。〔註139〕另如《陽春白雪》雖然未以雅字命名，卻仍可知編者所選皆高雅精妙之詞，淺陋鄙俗之作不得入選。南宋詞選多爲詞人選詞，且多不選唐五代之作，如《樂府雅詞》與《陽春白雪》均從北宋選起，且隨著詞一直朝雅化的極致路線前進，《樂府雅詞》選最多者爲歐陽脩，《陽春白雪》選最多者則爲周邦彥，順此路線，到南宋中後期又分爲吳文英的「密麗穠雅」與姜夔的「清空騷雅」兩路，從詞的形式到內容，音律、章法、下字、用典、命意等等，無不講究、無不粹煉。儘管李煜是從伶工之詞到士大夫之詞的關鍵人物，且生存年代也入宋過，卻因其詞表現的仍是種眞率自然的審美理想，所謂「眞率自然」，指的是感情的眞實和表達的自然，這種審美理想是對敦煌民間詞審美情趣的發揚，〔註140〕且李煜詞生動有味地用了些方言俚語，〔註141〕這些都和南宋所追求的不帶任何民間氣息的「雅」，是截然不同的美感類型，故難以符合南宋詞選的審美品味，入選數量自然低落，甚至無法入選。

　　經由「縱向面」的探討，可知李煜詞不符合多數宋人的期待視野，尤其是南宋人的審美標準。接著分析統計表格「橫向面」所顯示的訊息：

　　（一）在這四部詞選當中，〈虞美人〉（春花秋月何時了）入選三次，最受歡迎，可知這首詞早在宋代，就被公認是李煜最傑出的代表作了。直到今日，一提起李煜詞，第一想到的，仍是這首詞。次爲〈浪淘沙〉（簾外雨潺潺）、〈清平樂〉（別來春半），各入選兩次。其中〈虞美人〉、〈浪淘沙〉都曾被傳說是李煜的絕命詞，尤其〈虞美人〉的詞本事廣受關注與流傳，這是詞選和詞話、詞論的呼應之處。

〔註139〕黃雅莉：《宋代詞學批評專題探究》，頁37。
〔註140〕徐安琪：《唐五代北宋詞思想史論》（北京：人民文學出版社，2007年11月），頁79。
〔註141〕如〈一斛珠〉（曉妝初過）的「些兒箇」、〈浣溪沙〉（紅日已高三丈透）的「酒惡」等皆是。

（二）宋人似乎常分不清李璟和李煜父子的作品，且多是李璟之作被視爲李煜之作，這種狀況在詞話、詞論中也有，可見南宋陳振孫《直齋書錄解題》卷五十五：「《南唐二主詞》一卷，中主李璟、後主李煜撰。卷首四闋：〈應天長〉、〈望遠行〉各一，〈浣溪沙〉二，中主所作，重光嘗書之。……餘詞皆重光作。」〔註142〕對二主詞作出明確分界之論斷，並非多數宋人的共識，特別是北宋《尊前集》就已將兩首李璟〈浣溪沙〉歸給李煜了。然而這兩首〈浣溪沙〉的部分句子，也見於不少史書記載，〔註143〕宋代印刷技術佳、傳播快，宋人也以博學多識見長，何以南宋黃昇亦將李璟之詞歸給李煜？這主要是因李氏父子詞風太過接近，又受時人接受態度所影響，多半將重心放在詞本事，而非詞文本身，常常憑記憶抄錄故事，或經口耳相傳，容易失誤，記錯作者。當中也牽涉到《南唐二主詞》收錄的情況，問題複雜，值得深究。不過，考證並非本節重點，故僅一提帶過。

（三）李煜詞 38 首，受宋人所選者，僅 15 首，故知其詞整體內容與風格，並非宋人所高度欣賞、推崇的。儘管在詞話、詞論中可見宋人普遍關注李煜詞，也將它當作填詞範本，但是「亡國之音哀以思」的內容，誠然不太吻合北宋前期昇平時代的氛圍和處境優渥的文人情趣；〔註144〕南宋詞則追求雅化的極致，又和李煜詞屬於不同

〔註142〕宋·陳振孫：《直齋書錄解題》，見錄於鄧子勉編：《宋金元詞話全編》，中冊，頁 1263。

〔註143〕如馬令《南唐書》（成都：巴蜀書社《中國野史集成》本，1993 年 11 月）載：王感化，善謳歌，聲韻悠揚，清振林木，繁樂部爲「歌板色」。元宗嗣位，宴樂擊鞠不輟。嘗乘醉命感化奏〈水調〉詞，感化唯歌「南朝天子愛風流」一句，如是者數四。元宗輒悟，覆杯歎曰：「使孫、陳二主得此一句，不當有銜璧之辱也！」感化由是有寵。元宗嘗作〈浣溪沙〉二闋，手寫賜感化，……後主即位，感化以其詞札上之。後主感動，嘗賜感化甚優。（冊 5，卷 25，頁 85）又，鄭文寶《南唐近事》亦載此事，情節大同小異，謂王感化作楊花飛，歌「南朝天子好風流」句。（見錄於鄧子勉編：《宋金元詞話全編》，上冊，頁 22）

〔註144〕高峰著：《唐五代詞研究史稿》（濟南：齊魯書社，2006 年 8 月），

類型的審美風格；兼之有宋一代的士大夫均有著高度政治使命感與
濟世安民的責任感，在理學思維模式與詩化之詞的「言志」系統內，
他們和「享樂、荒廢政務，以致亡國」的李煜，基本上是「道不同，
不相爲謀」的，這也正是宋人詞話詞選對李煜詞接受不全面、深度也
不夠的原因。

第四節　接受之具體呈現──再創作

　　李煜詞在宋代的傳播和時人的接受，是息息相關的，傳播和接受
都必須達到相當程度，才能對宋代詞人造成影響，使其認同讚賞，並
以之爲基準或範本，進行再創作，故再創作可視爲深層次的接受現
象。誠如姚斯所說的：

> 只有後人仍然或再次響應它；只有讀者再次求助於過去作
> 品或作者，或要摹仿、超過或否定過去作品或作者時，文
> 學事件才能繼續發生作用。〔註145〕

透過考察宋代詞人實際詞作中，對李煜詞的諸多再創作形式，則可知
詞人接受了李煜詞後，反應堪稱熱烈。以下即分「和韻」、「仿擬」、
「檃括」、「襲用成句」探討之。

一、和韻

　　（一）劉辰翁〔註146〕〈虞美人〉二首，詞題云「用李後主韻二
　　　　　首」：

其一：

梅梢臘盡春歸了。畢竟春寒少。亂山殘燭雪和風。猶勝陰
山海上、窖群中。　　　年光老去才情在。惟有華風改。醉

　　　　　頁 13～14。

〔註145〕〔聯邦德國〕H.R.姚斯、〔美〕R.C.霍拉勃著，周寧、金元浦譯：《接
　　　　　受美學與接受理論》（瀋陽：遼寧人民出版社，1987 年 9 月），頁
　　　　　349。

〔註146〕劉辰翁（1232～1297），字會孟，號須溪。生於南宋紹定五年，卒
　　　　　於元大德元年。著有《須溪集》。

中幸自不曾愁。誰唱春花秋葉、淚偷流。〔註147〕

其二：

情知是夢無憑了。好夢依然少。單于吹盡五更風。誰見梅
花如淚、不言中。　　兒童問我今何在。煙雨樓臺改。江
山畫出古今愁。人與落花何處、水空流。（冊5，頁3219）

此二詞顯然是和韻李煜〈虞美人〉：

春花秋月何時了。往事知多少。小樓昨夜又東風。故國不
堪回首月明中。　　雕闌玉砌依然在。只是朱顏改。問君
都有幾多愁。恰似一江春水向東流。

先觀其韻腳，皆為「了、少、風、中、在、改、愁、流」（第十二部
平聲韻），字和順序都跟李煜原作一樣，屬於最嚴格的「次韻」。再
觀其內容抒寫的「年光老去才情在」、「醉中幸自不曾愁。誰唱春花秋
葉、淚偷流」、「情知是夢無憑了」、「煙雨樓臺改。江山畫出古今愁。
人與落花何處、水空流」等，均是消極慨嘆春光不再、年華老去、夢
境無憑、以醉解愁、古今江山更迭、人與落花隨逝水之類的情調，瀰
漫一種幻滅的深沉悲哀，和李煜入宋後諸多詞作的感觸，甚有雷同之
處。尤其是兩詞中都有「淚」，一是「淚偷流」、一是「梅花如淚」，
讓人想到李煜「此中日夕，只以眼淚洗面」〔註148〕的情況。而從劉
辰翁的生平與所處時代背景，可知其為生逢南宋中後期，為理宗時進
士，卻因對策忤賈似道而仕途坎坷，難以施展抱負。南宋末年國勢衰
頹，劉辰翁卻無法挽救，後經亡國之痛，成為宋遺民的劉辰翁入元後
不仕，隱居以終。〔註149〕

〔註147〕 唐圭璋編：《全宋詞》（臺北：文光出版社，1983年1月），冊5，
　　　　　頁3219。本論文所引《全宋詞》原文均自此出，後為避繁瑣，僅註
　　　　　明冊數和頁碼，不另加註腳。
〔註148〕 《默記》卷下記載：韓玉汝家有李國主歸朝後與金陵舊宮人書云：
　　　　　「此中日夕，只以眼淚洗面。」宋‧王銍撰，朱杰人點校：《默記》，
　　　　　卷下，頁44。
〔註149〕 宋‧劉辰翁撰，吳企明校注：《須溪詞》（上海：上海古籍出版社，
　　　　　1998年11月）之〈前言〉，頁1～14。

　　李煜入宋後的詞作，抒發了深沉的人生感慨和故國之思，所謂「亡國之音哀以思」者。由於李煜的詞純爲眞情實感的抒發，他的詞和他的遭遇很容易引起朝代更迭之際文人的思索，〔註150〕這兩首詞顯然是劉辰翁在宋亡之後所作的，以接受美學觀點來看，這時候劉辰翁的「期待視野」想必有著許多和李煜不謀而合之處，故而對李煜詞流露之沉痛，興起強烈共鳴感，進而和韻李煜詞最爲著名的〈虞美人〉。

　　（二）無名氏〈烏夜啼〉二首：

　　其一：

　　都無一點殘紅。夜來風。底事東君歸去、太匆匆。　　桃花醉。梨花淚。總成空。斷送一年春在、綠陰中。（冊5，頁3836）

　　其二：

　　一彎月掛危樓。似藏鉤。醉裡不知黃葉、報新秋。　　征鴻斷。歸雲亂。遠峰愁。愁見綠楊凝恨、在江頭。（冊5，頁3836）

這兩首詞於《全宋詞》裡，是連放在一起的，屬同一無名氏之作，而此無名氏也僅有此二作，更巧合的是，李煜現存詞作中，〈烏夜啼〉也只有兩首。因此，雖然毫無標示，細看卻可知其有意和韻李煜之作：

　　林花謝了春紅。太匆匆。常恨朝來寒重、晚來風。　　胭脂淚，留人醉，幾時重。自是人生長恨水長東。

　　無言獨上西樓。月如鉤。寂寞梧桐深院、鎖清秋。　　剪不斷。理還亂。是離愁。別是一番滋味在心頭。

筆者先是發現第二首的韻腳和李煜原作完全相同（第十二部平聲韻），屬於「次韻」；而第一首若以「平仄韻轉換格」〔註151〕析之，

〔註150〕徐安琪：《唐五代北宋詞思想史論》，頁93。

〔註151〕〈虞美人〉一調之平仄韻轉換，參龍沐勛：《唐宋詞格律》（臺北：里仁書局，2006年7月），頁167。

則其韻腳「紅、風、匆」（第一部平聲韻），換仄「醉、淚」（第三部去聲韻），換平「空、中」（第一部平聲韻），跟李煜原作比對，全詞三段的和韻方式，依序爲「用韻」、「用韻」、「依韻」，還是可見其和韻之跡象。再從詞的內容情境觀之，一寫春之落花與春之易逝，迴盪繁華總成空之嘆；一寫如鉤之秋月掛在危樓上，葉落知秋，人也如歸雲遠峰一般，心緒紛亂、愁思滿懷，和李煜詞在季節、景象與感觸上，仍有些相通之處。可惜不知作者姓名，不然還可與其生平背景作一聯繫，深入探究一番。

　　另有呂勝己〈長相思〉（展鵝蛾）一首，屬於「依韻」。然因其詞題云「傚南唐體」，爲尊重其創作之原意，故挪待下一項「仿擬」探討。

二、仿擬

　　凡詞人詞題之下，提及「仿」、「效」、「法」、「改」、「用」、「擬」等，均屬之。〔註152〕呂勝己〔註153〕〈長相思〉：

> 展鵝蛾。抹流波。並插玲瓏碧玉梭。鬆分兩鬢螺。　　曉霜和。凍輕呵。拍罷陽春白雪歌。偎人春意多。（冊3，頁1754）

其詞題云「傚南唐體」，此處「南唐體」的代表人物，當如清代馮煦《蒿庵論詞》所言：

> 詞至南唐，二主作於上，正中和於下，詣微造極，得未曾有。宋初諸家，靡不祖述二主，憲章正中，譬之歐、虞、褚、薛之書，皆出逸少。〔註154〕

「二主作於上，正中和於下」指的是李璟李煜父子與馮延巳君臣三人，他們因身處江南水鄉，其詞風多清切流婉，和西蜀花間一派的

〔註152〕王偉勇：〈兩宋詞人仿蘇辛體析論〉，見錄於《宋代文學研究叢刊》（高雄：麗文文化事業公司，2007年6月），第14期，頁121。

〔註153〕呂勝己（?），字季克。建陽人。受學於朱熹。

〔註154〕清・馮煦：《蒿庵論詞》，見錄於唐圭璋編：《詞話叢編》，冊4，頁3585。

豔麗雕鏤形成對比，呂勝己所要仿效的，當是南唐清雅的詞風。雖未明言所傚者為誰，經筆者搜索〈長相思〉一調，則李煜〈長相思〉：「雲一緺。玉一梭。淡淡衫兒薄薄羅。輕顰雙黛螺。　　秋風多。雨相和。簾外芭蕉三兩窠。夜長人奈何。」最符合呂勝己仿效之對象。試看其韻腳「蛾、波、梭、螺、和、呵、歌、多」和李煜的「緺、梭、羅、螺、多、和、窠、何」皆為第九部平聲韻之字，然字不同，屬於「依韻」。上片所描寫的女子形象也挺類似，均寫到女子的眉、髮髻、玉梭，色彩淡雅，給人一種秀氣和婉的感受。此外，整個畫面的呈現也清新流暢不穠麗，的確可見呂勝己模仿李煜詞的用心與成功之處。

三、隱括

宋人所謂之「隱括」，兼指就原有之詩文、著作加以剪裁、改寫也。而「隱括詞」即指凡就原有之詩文、著作（包含己作及他人之作），加以剪裁、改寫為整闋詞者，皆屬之。〔註155〕宋人隱括李煜詞者有二：

（一）劉袞〔註156〕〈臨江仙〉：「櫻桃結子春歸盡，蝶翻金粉雙飛。子規啼月小樓西。玉鉤羅幕，惆悵卷金泥。　　門巷寂寥人去後，望殘煙草低迷。何時重聽玉驄嘶。撲簾飛絮，依約夢回時。」（冊2，頁1176）有詞題：「補李後主詞」。

（二）康與之〔註157〕〈瑞鶴仙令〉：「櫻桃落盡春歸去，蝶翻金粉雙飛。子規啼恨小樓西。曲屏珠箔晚，惆悵卷金泥。　　門巷寂寥人去後，望殘煙草低迷。閒尋舊曲玉笙悲。關山千里恨，雲漢月重規。」

〔註155〕 王偉勇：〈兩宋隱括詞探析〉，見錄於王偉勇：《詞學專題研究》（臺北：文史哲出版社，2003年4月），頁332。

〔註156〕 劉袞（生年不詳，約卒於紹興年間），字延仲。南北宋間人。其詞見於《全宋詞》者，僅〈臨江仙〉一首。

〔註157〕 康與之（？），字伯可，號順庵。有《順庵樂府》五卷，今不傳，有趙萬里輯本。

（冊2，頁1308）有詞題：「補足李重光詞」。

由以上兩詞之詞題可知，皆本李煜詞，復補以己作。而其所本者，為李煜〈臨江仙〉：「櫻桃落盡春歸去，蝶翻金粉雙飛。子規啼月小樓西。畫簾珠箔，惆悵卷金泥。　門巷寂寥人去後，望殘煙草低迷。爐香閒裊鳳凰兒。空持羅帶，回首恨依依。」此二闋櫽括詞，王師偉勇於〈兩宋櫽括詞探析〉一文已有探討：

> 細比較之，則見劉、康兩人之作，均改動原詞末三句之詞意，以及上片第四句之文句，其餘大抵皆從李煜原詞，故仍視為單篇整括。〔註158〕李煜〈臨江仙〉詞，由劉、康二人以同樣技巧櫽括入詞，殊屬罕見。〔註159〕

其實劉袞和康與之補李煜〈臨江仙〉，是因未見陳鵠《西塘集耆舊續聞》〔註160〕，故不知李煜原詞並無缺末三句。〔註161〕然由此現象可知，對未見全詞原貌的劉、康二人而言，李煜此詞遺留了極大極明顯的接受美學所謂的空白與未定點，強烈召喚二人為之補足，進而成為二人的再創造，更可見李煜詞受到喜愛的程度。不過，也因為劉、康

〔註158〕 王偉勇：〈兩宋櫽括詞探析〉，見錄於王偉勇：《詞學專題研究》，頁379。所謂「單篇整括」即將原有作品，無論字詞、命意，整體予以括入詞中；縱有變化，亦僅調整一、二字句或原作順序，甚或加以添聲、補句而已。

〔註159〕 王偉勇：〈兩宋櫽括詞探析〉，見錄於王偉勇：《詞學專題研究》，頁376。

〔註160〕 宋·陳鵠《西塘集耆舊續聞》卷三：蔡絛作《西清詩話》載江南李後主〈臨江仙〉，云：「圍城中書，其尾不全。」以余考之，殆不然。余家藏李後主《七佛戒經》又雜書二本，皆作梵葉，中有〈臨江仙〉，塗注數字，未嘗不全。其後則書李太白詩數章，似平日學書也。本江南中書舍人王克正家物，後歸陳魏公之孫世功君懋。余，陳氏婿也。其詞云：「櫻桃落盡春歸去，蝶翻輕粉雙飛。子規啼月小樓西。玉鉤羅幕，惆悵暮煙垂。　別巷寂寥人散後，望殘煙草低迷。爐香閒裊鳳凰兒。空持羅帶，回首恨依依。」後有蘇子由題云：「淒涼怨慕，真亡國之聲也。」見錄於鄧子勉編：《宋金元詞話全編》，中冊，頁1363。

〔註161〕 南唐·李璟、李煜著，王仲聞校訂：《南唐二主詞校訂》（臺北：河洛圖書出版社，1975年10月），頁15～17。

二人的續補，使得〈臨江仙〉一詞自宋代以來即有許多異文，末三句固然是最明顯之處，其他字句也出現差別，如上片之末二句，異文更多，殆因曾經塗注之故。流傳後世，便形成版本上的分歧狀況。

另外，元代白樸﹝註162﹞也有一首櫽括李煜詞之作〈水調歌頭〉：

> 南郊舊壇在，北渡昔人空。殘陽澹澹無語，零落故王宮。前日雕闌玉砌，今日遺臺老樹，尚想霸圖雄。誰謂埋金地，都屬賣柴翁。　　慨悲歌，懷故國，又東風。不堪往事多少，回首夢魂同。借問春花秋月，幾換朱顏綠鬢，荏苒歲華終。莫上小樓上，愁滿月明中。﹝註163﹞

其詞題云：「感南唐故宮，就櫽括後主詞」，從當中詞句，可以明顯看出主要是剪裁、改寫自李煜〈虞美人〉（春花秋月何時了），如「前日雕闌玉砌」用的是「雕闌玉砌依然在」；「懷故國，又東風。不堪往事多少」用的是「往事知多少。小樓昨夜又東風。故國不堪回首月明中」；「借問春花秋月」用的是「春花秋月何時了」；「幾換朱顏綠鬢」用的是「只是朱顏改」。﹝註164﹞另外，「回首夢魂同」則取意自「多少恨，昨夜夢魂中。還似舊時遊上苑」（〈望江南〉），而「莫上小樓上，愁滿月明中」乃融合自「無言獨上西樓」（〈烏夜啼〉）、「獨自莫

﹝註162﹞ 白樸（1226～1307），字太素，一字仁甫，號蘭谷，眞定（今河北省正定縣）人。生於金正大三年。父華仕金爲樞密院判。樸七歲時，元師入汴，父遠適，依元好問長成。元一統後，徙家金陵，放情山水，卒於元至元二十二年，年八十一。所作除散曲雜劇外，有詞集《天籟集》。白樸雖生爲金人，然因其幼年時金朝便已滅亡，生存年代主要在元代，故此處將其歸入元代。金、元時代均崇尚清剛雄放的蘇、辛一派詞風，貶抑綺豔之情詞，元代更是曲代詞興，詞不受重視。花間以來陰柔軟媚的詞風，甚不合時人脾胃，金、元詞選亦皆不選唐五代之詞，故唐五代之詞遭受冷淡的待遇，僅偶有一二提及者，皆不成氣候，本論文遂不另立篇章探討。因此，只好將白樸此詞納入宋代一併探討。有關唐五代詞於金、元時期的不受青睞，參高峰著：《唐五代詞研究史稿》，頁31～35。

﹝註163﹞ 唐圭璋編纂：《全金元詞（二）元詞》（臺北：洪氏出版社，1980年11月），頁626。

﹝註164﹞ 李中華：《李後主的人生哲學：浪漫人生》（臺北：揚智文化事業股份有限公司，1996年5月），頁251～252。

憑欄」(〈浪淘沙〉)與「故國不堪回首月明中」等句意。白樸這首檃
括詞,除了純熟、巧妙地鎔鑄李煜原作之外,更賦予一己之生命情趣
在內。詞中兼含懷古與傷今之情,慨嘆南唐故宮往事的同時,白樸也
因親身經歷了元朝征伐與金朝滅亡的興衰更迭,而感觸萬千。

白樸生在金朝末年的仕宦家庭,然而他在金朝滅亡後終生未
仕,數度南遊,漂泊江湖,直到五十五歲始定居金陵。性格與際遇使
其詞風清雋婉逸、意愜韻諧,與南宋姜夔、張炎一派近似。這首〈水
調歌頭〉即是他定居金陵之後所寫,屬於其「懷古記遊」系列的作
品。這類作品的共同特色是對所遊古蹟的的景色描寫不多,主要在表
現由眼前景觀所觸發的滄桑之感、興亡之嘆,抒發其歷史虛無、人生
幻滅的深沉思索。〔註165〕所謂「回首夢魂同」,對故國懷想的情感之
相通、共鳴之深切,此詞誠爲白樸聯繫一己人生遭遇和李煜南唐往事
的佳作。

四、襲用成句

宋人集句詞多於詞題透露「集句」相關字眼,或是在各詞句下
方註出所集之句的原作者姓名(或字號)。然有許多非集句詞之作,
當中某些句子明顯襲用自前人詩詞,卻毫無標記,則容易被忽略。經
筆者檢索可知,宋詞中有不少直接襲用李煜詞整句成句的例子,條列
如下:

(一)賀鑄〈蝶戀花〉(幾許傷春春復暮)之末兩句「數點雨聲
風約住。朦朧淡月雲來去」(冊 1,頁 540)全襲自李煜
〈蝶戀花〉(遙夜亭皋閒信步)上片之末兩句。

(二)韓淲〈臨江仙〉(脆管繁絃無覓處)有「簾外雨潺潺」(冊
4,頁 2242),全襲自李煜〈浪淘沙〉之首句。

(三)1.何夢桂〈小重山〉(吹斷笙簫春夢寒)有「別時容易見

〔註165〕趙維江:《金元詞論稿》(北京:中國社會科學出版社,2000 年 1 月),
頁 140、148、150~151。

時難」（冊5，頁3148）

2. 蔡伸〈踏莎行〉（珮解江皋）有「別時容易見時難」（冊2，頁1019）

3. 蔡伸〈小重山〉（澹澹秋容煙水寒）有「別時容易見時難」（冊2，頁1018）

均整句襲用自李煜〈浪淘沙〉（簾外雨潺潺）下片之第三句。

（四）1. 韓淲〈眼兒媚〉（東風拂檻露猶寒）末句「無限關山」（冊4，頁2243）

2. 仇遠〈憶舊遊〉（憶寒煙古驛）有「無限江山」（冊5，頁3399）

均整句襲用自李煜〈浪淘沙〉（簾外雨潺潺）下片之第二句「無限關山（一作江山）」。

（五）洪适〈長相思〉（朝思歸）末句「覺來雙淚垂」（冊2，頁1380），全襲自李煜〈菩薩蠻〉（人生愁恨何能免）上片之末句。

（六）1. 范祖禹〈導引〉（延和幄座）有「往事已成空」（冊1，頁368）

2. 陳亮〈小重山〉（碧幕霞綃一縷紅）有「往事已成空」（冊3，頁2104）

均整句襲用李煜〈菩薩蠻〉（人生愁恨何能免）下片之第三句。

（七）蘇軾〈水調歌頭〉（昵昵兒女語）有「起坐不能平」（冊1，頁280），全襲自李煜〈烏夜啼〉（昨夜風兼雨）上片之末句。

（八）蔡伸〈西樓子〉（樓前流水悠悠）有「多少恨，多少淚」（冊2，頁1025），兩句全句各襲自李煜兩首〈望江南〉之首句「多少恨」、「多少淚」。

（九）游次公〈賀新郎〉（暖靄浮晴簾）有「別殿時聞簫鼓奏」
（冊 3，頁 1628），全襲自李煜〈浣溪沙〉（紅日已高三
丈透）之末句。

（十）石孝友〈浣溪沙〉（宿醉離愁慢髻鬟）末句「爲誰和淚倚
闌干」（冊 3，頁 2045）全襲自李煜〈搗練子〉（雲鬟亂）
之末句。〔註166〕

從上面例子可知，〈浪淘沙〉（簾外雨潺潺）中的成句，受到襲用
次數最多，次爲〈菩薩蠻〉（人生愁恨何能免）。受襲用最多的〈浪淘
沙〉（簾外雨潺潺）一詞，在詞話中也以李煜的絕命詞著稱，可見其
含思淒惋的意境打動許多讀者，使讀者不知不覺將佳句記憶下來並用
於一己詞作，這也代表效果史、闡釋史和影響史存在互相呼應的情
況。這些實際上都可算是集李煜詞句，然而爲了避免和所謂的「集句
詞」相混，方不以「集句」當作項目名稱。從爲數不少的例子，可見
李煜詞在當時傳播廣泛，這種無意識、潛移默化的接受表現，往往比
刻意爲之者要深邃、影響力也大，才讓詞人們閱讀接受後，共鳴於其
中人生遭遇相通之處，自然而然地用其成句入詞。可見李煜詞雖以白
描、不假雕飾、眞誠感人見稱，卻因李煜本身高度的文藝造詣，其詞
便有著「不期工而自工」的藝術魅力。這也和前面詞話、詞論中，王
安石與黃庭堅日常對話「作詞曾看李後主詞否」，有所呼應，可知兩
位士大夫皆熟諳李煜詞，並以它作爲塡詞必先觀摩的範本。可見李煜

〔註166〕 石孝友此詞爲集句詞，其各句下方有標示所集來源，乃集韓偓、
叔原、少游、李璟、中行五人之句，其中少游二句，餘皆一句。
「爲誰和淚倚闌干」下標示「中行」，而引發爭議，有學者據此認
爲〈搗練子〉（雲鬟亂）非李煜所作。然筆者以爲就此判斷太過武
斷，畢竟無確切鐵證，且不排除中行是抄錄李煜詞句，而受石孝
友誤爲其詞，故此處依謝世涯所言：「石孝友〈浣溪沙〉一首，集
前人詞句，雖以『爲誰和淚倚闌干』爲中行作，但中行不可考，或
作北宋的田中行，也不見有此詞句，故仍應歸後主作」。參謝世
涯：《南唐李後主詞研究》（上海：學林出版社，1994 年 4 月），頁
71～72。

詞爲文人普遍接受，而部分文人之接受程度頗深。

第五節　小　結

　　綜觀上述，宋代對李煜詞的接受狀況，可從兩個大方向掌握：一是宋人在思想本質上和李煜是「道不同，不相爲謀」的，氣味相投程度並不高。因此，即使他們普遍關注李煜詞的本事傳說、藝術價值，也津津樂道，將詞本事當作閒談話題，對藝術價值表示肯定讚賞，卻又站在政治優勢者立場，拿李煜詞中的富貴氣象和宋太祖相比，認爲是小巫見大巫；又從士大夫「修齊治平」、「以天下爲己任」、「和社稷共存亡」的志節角度，去批判李煜揮淚對宮娥的行爲。二是宋人審美觀隨著時代推移而產生巨大變化，雖然李清照肯定「江南李氏父子尚文雅」、「亡國之音哀以思」可代表一般士人的看法，但是宋人對「雅」所追求的類型一直在轉變，北宋初的「閑雅」就已異於南唐相對於西蜀花間濃豔之清雅，南宋的「和雅」、「騷雅」更是截然不同的雅化極致。不僅在內容風格上，與唐五代詞由民間興起而難免帶有的俗豔氣息劃清界限、壁壘分明，又嚴格講究音律、重寄託、強調煉字用典；連曲調上也由小令進入慢詞的階段，再者伴奏樂器不同，聲情也跟著不同。另外，「亡國之音哀以思」對宋初昇平時期而言，是不合時宜的；對南北宋之際慷慨激昂的救國壯士來說，也太過委靡不振，故皆無法深刻滿足宋人的審美需要。這兩大方向的種種因素，皆造成李煜詞總體於宋代之接受不夠全面、深度也不夠的狀況。下面就「詞話、詞論」、「詞選」及「再創作」三細目所得結論綜述如次：

　　一、宋人詞話、詞論對李煜詞最感興趣、篇幅最多、種類也最紛雜的，是其詞本事與其人言行，而對詞文本身的題材內容與藝術價值，所作的評論卻零星可數，且多是點出亡國之音哀以思的意蘊；或如陳郁讚賞其修辭技巧之善於融點唐詩，既不全面，也不夠深入。這是歷史背景所造成期待視野的侷限，和宋人政治立場有很大程度的關係，他們看待受降之臣虜李煜，多把焦點放在詞的軼聞上面，當作熱

門話題談論。雖然如此,卻仍可見李煜詞在宋人間流傳廣泛,也受到士大夫階層的部分文人所重視,當成填詞之際必讀的佳作。值得注意的是,李煜詞不管是在詞話、詞論或詞選當中,異文現象都不少,這主要是因時人多半將重心放在其詞本事,而非詞文本身,常常憑記憶抄錄故事和詞句,或經口耳相傳,受此接受態度影響,異文隨即產生,版本明顯分歧。

　　二、宋人所編詞選,在預設之時間範圍和客觀條件當中,李煜詞有機會入選者,共五部。五部之中,李煜詞入選四部,可見不論是爲應歌而編者,或詞人爲存史而編者,李煜詞都符合期待視野而獲選,雅俗共賞。再細究其入選數量,則可知從北宋到南宋,時人的期待視野已然有所變異:北宋《尊前集》選李煜詞 14 首,到了南宋《草堂詩餘》僅選 4 首,這兩部詞選同屬選歌類型,卻因時人審美愛好改變,造成數量多寡落差懸殊。同時南宋崇尙雅詞的風氣,以周邦彥、姜夔爲典範對象,也是導致李煜詞入選數量普遍低落之因。李煜詞以白描爲主、不刻意用典、不事雕琢的特色,顯然不是南宋人所鍾愛的。

　　三、宋人詞作對李煜詞的再創造,呈現出多采多姿的現象,各種類型的都有:或因家國之悲痛有共鳴而和韻,或因一己愛好崇尙而仿效,或受強烈塡補空白的意願促動而檃括,或受潛移默化而襲用成句,這是因爲李煜詞中血淚凝成、眞摯動人的藝術魅力,對部分有類似人生遭遇的詞人激起共鳴的效應,促發其再創作的動力,接受程度頗爲深刻。計和韻之作共 4 首、仿擬之作 1 首、檃括之作 2 首(若將元代白樸檃括之作 1 首一併列入計數,則爲 3 首)、襲用成句者,多達 16 句,可見李煜詞爲諸多宋人琅琅上口,方能於塡詞之際,信手拈來。

第三章　李煜詞明代接受史

第一節　期待視野──時代背景與詞壇風氣

一、時代背景

　　歷來對明詞的研究與評論，基本上是延續著清代的立論。清人在詞學研究中，總是稱自己紹繼兩宋詞，進而鄙薄明人詞之不足觀，[註1]這無疑是先入爲主地戴上有色眼鏡，以宋詞的標準去評判明代詞，武斷地得到明詞衰亡的結論，卻忽略了時代背景不同，本來就會形成不同的審美價值觀與創作風氣。[註2]余意《明代詞學之建構》一書提出：「一代有一代之詞學」[註3]的觀念，企圖打破清人所主導的「詞衰於明」，甚或「詞亡於明」的偏見，進而重建明詞研究的思維與理路。余意調查了所有明代詞人的籍貫，得知江南吳中（約同於今日江蘇省）一帶爲明詞重鎭所在，圍繞吳中的幾個城市，皆成眾星拱月之狀，展開詞壇活動，[註4]故其論述以此爲基礎。筆者認爲

〔註 1〕　余意：《明代詞學之建構》（上海：上海古籍出版社，2009 年 7 月），頁 4。

〔註 2〕　關於余意反駁「詞衰亡於明」之論辯，見余意：《明代詞學之建構》，頁 1～30。

〔註 3〕　余意：《明代詞學之建構》，頁 27～28。

〔註 4〕　余意據《全明詞》詞人小傳，將詞人籍貫依明代當時行政區域作一

余意之說頗能切中歷來弊端、掌握精髓，故茲由下列三方面來還原明代吳中詞人生活的概況，以期勾勒出明代詞壇較爲公允的背景輪廓。

（一）政治

與宋代士人相比，明代士人對政治的心態，幾乎可用冷感來形容。造成明代文人士大夫疏離政治的原因有二：

一是元代統治者實行嚴格的等級制度，作爲明代詞壇重地的江南吳中地區，聚集了大量南宋避難而來之遺民，全被歸類爲南人，是最卑下的等級；兼之科舉制度遭廢除，政治上規定的南人身分以及遺民的心理，使得江南吳地文化在元朝始終處於壓抑封閉、自成體系的狀態。〔註5〕

二是文人士大夫在朱明王朝所受到的待遇，較之「不殺士大夫」的趙宋王朝，甚爲委屈卑賤，不受尊重，在皇帝面前常常被迫喪失人格與尊嚴，如忤逆皇帝就遭廷杖，甚至殺身之禍，這是明代士人疏離政治的極大原因。吳中地區因元末曾受張士誠統治，經濟發展較爲穩定，吸引另一批士人投奔，卻更招致明太祖朱元璋的猜忌打壓，使得士人從政意願低落。明代中後期，科舉制度僵化，對於慣於表現個性、率真瀟灑的吳地士人而言，想通過八股取士進入仕途，則必須犧牲自己的天性，兩者存在根本衝突。〔註6〕

統計表格，實際納入計數之詞人共 1242 人，得知南京（約同於今日之江蘇省）564 人，浙江（約當今日之浙江省）384 人，佔前二強，加起來佔總人數的 76.33%，無疑是詞壇活動的領導中心。而詞人數第一多的南京當中，又以蘇州府 212 人，遠勝嘉興府的 125 人，故蘇州府自是明代詞壇中心重鎮所在。江蘇省作爲明詞創作重鎮，具有其深厚的歷史淵源，可上溯到吳越春秋以及後來的六朝首都，「吳中地區」即是泛指這個區塊，以蘇州爲中心，包括鄰近的松江、常州、鎮江、杭州、嘉興、揚州、湖州等地。余意：《明代詞學之建構》，頁 11～17。

〔註 5〕余意：《明代詞學之建構》，頁 17。

〔註 6〕余意：《明代詞學之建構》，頁 46、91。

（二）社會

城市經濟繁榮發展，特別是明代中葉以後商業活動興盛，致使傳統社會價值觀有所鬆動與調整，「士農工商」的等級劃分不再森嚴，商人階層地位提升，此情形可由王陽明〈節庵方公墓表〉所述看出：

> 古者四民異業而同道，其盡心焉，一也。士以修治，農以具養，工以利器，商以通貨，各就其資之所近，力之所及者而業焉，以求盡其心。其歸要在於有益於生人之道，則一而已。士農以其盡心於修治具養者，而利器通貨，猶其士與農也；工商以其盡心於利器通貨者，猶其工與商也。
>
> 故曰：四民異業而同道。〔註7〕

「四民異業而同道」意味著士人不再以「萬般皆下品，唯有讀書高」的心態自居，這是價值觀的一大突破。在此商業氣息濃郁的時代，書、畫、詩、詞等等傳統認為只有文人雅士能夠享用的文藝樣式，被當作無限商機，連扇面、手帕、小說戲曲等日常用品與通俗文學都成為詞傳播的載體，消費決定供給，可見世俗社會對「雅」的需求量之大。〔註8〕士人和商人交流漸趨頻繁，兼之大量逸書重印，詞籍進入大眾視野與消費市場，商人傾慕填詞雅事，參與其中，然而文人的審美品味受其影響，不免世俗化，如余意所說：

> 士商結合，無疑產生一種新的文化動向，即士人與市民趣味互趨。……詞經過南宋時期的充分雅化，寫詞已經成為雅事的表現形式。寫詞群體主要的組成是士人，寫詞從形式講是非常雅的一件事，而對於已經滲透俗情俗韻的明朝士人來說，他們在詞中有可能出現俗的表現。而另一方面的市民，特別是商人卻也有雅的追求，在世俗性的生活中他們也步趨著這種雅的形式，當雅的形式僅僅當作時尚來

〔註7〕　明・王守仁：《王陽明全集》（上海：上海古籍出版社，1992 年 12 月），上冊，頁 941。

〔註8〕　余意：《明代詞學之建構》，頁 55～56。

進行消費時，這種形式本身已經開始向相反方向運動了。
〔註9〕

是知清人拿宋詞的標準來評價明詞，當然看不慣明詞這種「俗中求雅，雅中帶俗」〔註10〕的狀況，這是時代的價值取向，是當時士人與市井文化之間交互作用的產物，也是明詞的特色。

（三）哲學思想

明代前期，程朱理學受統治者運用來箝制思想與人性，尤其朱熹《四書集註》成為八股文取士的必讀書目，壟斷了士人思想，然其僵化弊端引起有識之士不滿，進而促使明代中後期陽明心學興起，為哲學界注入新血。陽明心學以「心理合一」取代程朱理學的「窮理滅欲」，還給人性自然發展的空間，肯定人的自我意識、主體精神，對文人追求個性解放，具有相當大的鼓勵作用。這股對抗舊禮教與禁欲主義的思潮，也影響了詞壇，造成崇尚「真情率性」的審美觀。
〔註11〕由於明人的「重情、主情」，不僅使其審美觀建立在情的基礎之上，更是造成有明一代，詞體地位變得非常獨特的原因。如謝旻琪所言：

> 與宋、清二朝相比，詞的地位變得非常奇特，文人不努力尊體，使詞歸於正統文學的地位，反而更提出詞的小道特質，把淫靡、柔媚刻意地張揚，甚至到了晚明儘管把豪放詞納入，但也是從「情感」上去加以肯定，也就是說，張炎「一切為情所役，則失其雅正之音」的說法，在明代有了徹底的顛覆；在他們眼裡，情感是自由的，甚至詞作要佳妙，非得放任情感縱流不可。〔註12〕

的確，受「心學」影響甚鉅之明代，與其前、後分別受「理學」、「樸

〔註 9〕 余意：《明代詞學之建構》，頁41。
〔註10〕 余意：《明代詞學之建構》，頁42。
〔註11〕 陶子珍：《明代詞選研究》（臺北：秀威資訊科技股份有限公司，2003年7月），頁17～20、26～27；余意：《明代詞學之建構》，頁20。
〔註12〕 謝旻琪：《明代評點詞集研究》（臺北：花木蘭文化出版社，2007年3月），頁124。

學」籠罩的宋、清兩代相比，無疑是個浪漫的時代。但是明人的浪漫又與唐代不同，因為政治的疏離感和社會的商業世俗化，使明代文人沒有從前士人那種「經國濟世」的遠大抱負，他們將對政治的熱情，轉移至對藝術的愛好上，而形成藝術家身分為主，文人或詞人身分為輔的狀況。同時因為商人階級興起，其強大的消費力控制了市場需求的主流，商品必須迎合大眾口味，故而使文人也沾染了較為俗豔輕佻的習氣。階級間的交流，令文人開始欣賞士以外的階層的人們，他們恣意表露情感的真實面，不需用虛偽的禮教掩藏或包裝，他們俗得淺白可愛。故而王世貞有言：「作（作詞）則寧為大雅罪人，勿儒冠而胡服也。」〔註13〕可視為文人價值觀轉變，並向市井「真情實感、通俗淺近」靠攏的表白。值得一提的是，此處「通俗」的「俗」，相當程度地等同於「真情」的「真」，因為「真」即「自然」，故詞中「俚俗的口語」也都是情感抒發之際，最自然不過的表現，廣為詞人接受和讚賞，如徐士俊評秦觀〈滿園花〉（一向沉吟久）云：「鄙俚不經之談，偏饒雅韻。」〔註14〕又如潘游龍評辛棄疾〈尋芳草〉（有得許多淚）云：「此詞妙處全在俚。」〔註15〕可見這種看似衝突的雅俗共存的審美觀，即是要求情之真的明人所一致認同的。另外，李康化《明清之際江南詞學思想研究》一書曾針對明代250多位詞人，以嘉靖三年為標界，分前、後二期，得知前期詞人僅80幾位，後期詞人則多達160餘位，後期近乎前期的兩倍。而王陽明卒於嘉靖七年，其心學理論受後人更加發揚光大，可見明代中後期詞壇亦受心學影響甚鉅。〔註16〕

〔註13〕明・王世貞：《藝苑卮言》，見錄於唐圭璋編：《詞話叢編》（北京：中華書局，1986年11月），冊1，頁385。

〔註14〕明・卓人月、徐士俊輯：《古今詞統》（上海：上海古籍出版社《續修四庫全書》本，2002年3月），冊1729，卷11，頁39。

〔註15〕明・潘游龍編：《精選古今詩餘醉》（臺北：國家圖書館藏，明崇禎丁丑（10年）海陽胡氏十竹齋刊本），卷12，頁28。

〔註16〕李康化：《明清之際江南詞學思想研究》（成都：巴蜀書社，2001年

二、詞壇風氣

（一）藝術家詞人生活與詞作題材新變

1. 園林悠遊與日常享樂

明代經濟高度發展，吳中地區尤其繁榮富庶，在此環境條件下，吳中文人生活與結社聚會的場所是私家園林，而園林之興建風氣於元明時代非常興盛，如顧瑛的「玉山草堂」、徐渭的「榴花書屋（後易名青藤書屋）」、袁中道的「金粟園」、錢謙益的「拂水山莊」等等，不勝枚舉。園林中精心布置的庭院造景和巧妙的建築設計，均是主人心性、情趣的外在投射。園林也代表了文人將吳地山水濃縮於一己空間的絕佳寫照。這批疏離政治的人們有著基本相同的特點，即善詩、書、畫，喜歡玩古賞古，彼此聲氣相投，結社雅集，有時也出遊吳地山水，以一種自在灑脫的心態，悠遊賞玩著園林、古玩、山水，如此狀態下寫出來的詞，呈現出對自然景致的客觀品味，沒有心事的隱曲，有的是逸性直爽的個性風采，因此明代文人完全不同於宋代士大夫終身懷抱「以天下為己任」的使命感以及「身在江湖，心存魏闕」的焦慮感，沒有對政治的熱衷執著，吳中詞人所揮灑的是藝術家的彩筆。對明代文人而言，他們的首要興趣是藝術，如繪畫、書法以及鑑賞古物珍玩，所以藝術家是他們最主要的身分，詞人身分只是藝術家的一部份，故而填詞只不過是他們將風流自賞的藝術態度，滲透到其他藝術項目中來；從審美心態觀之，則展現出清賞式的藝術化性格。〔註17〕從明末張岱的《陶庵夢憶》或其他公安派、竟陵派小品文的描述當中，即能想見明代文人的藝術家氣質與悠閒優渥的生活情況。長期薰染於藝術化的生活環境，便使其審美觀偏向清麗流婉、悠閒自適。

除了優雅地在園林中結社吟詠，明代中後期的文人，受心學解

11 月），頁 6～15。
〔註17〕余意：《明代詞學之建構》，頁 17～19、34～39、47。

放思想與商業活動熱絡影響，生活內容傾向市井大眾化的娛樂，雅俗結合，一如陳寶良《明代社會生活史》所言，在物質富裕、閒暇時間大增的環境下，發展出所謂「新開門七件事」，即談諧（說笑話）、聽曲、旅遊、博弈、狎妓、收藏（包括書籍、古董、時玩）、花蟲魚鳥。其中既有大眾百姓逗悶的樂子，也有文人士大夫打發閒暇的雅趣。說白了，就是生活的享樂化與藝術化。〔註18〕

2. 題材內容之創新與拓展

由於吳中士人最主要的身分為藝術家，詞人是其附屬兼具的身分，故其填詞的題材大大創新並拓展，凡和生活有關的各種細節內容，均可入詞。誠如余意所言：

> 從題材上梳理明代詞學，……諸如贈歌、贈妓詞；遊賞詞：讀書、博古、賞畫詞；懷古、弔古詞；甚至有古樂府風的寫民情俗況的詞；輓詞、悼亡詞；祝壽詞；帳詞；出嫁女兒思念母親的詞等等。舉凡人生生、老、病、死、苦、喜、怒、哀、樂等等，都可以在明詞中找到蹤跡，因此我們可以說，在明代，詞不僅在文人的文藝生活當中出現，同時更多出現於世俗化、倫理化的生活當中，形成了明詞不同於其他朝代的詞學面貌。〔註19〕

在題材新穎、層面廣泛的詞作中，最具時代意義的，當為「園林」、「詠物」、「山水景物」、「題畫」此四種題材，這都和藝術家生活氛圍所造就的特質密切相關。在園林中遊賞聚會、吟詩作畫，景物或書畫對詞人來說，常是客觀的存在，他們帶著純粹欣賞的眼光去享受景色之美，其耳目之所感，與詞作是相輔相成、融為一體的，較少帶有個人深沉的心事或哲思意味。然因生活空間多半侷限在園林當中，使詞人培養出小家碧玉式的審美傾向，故其詞作即使描寫山水風光，仍流露出一種盆景化的韻致。題畫詞則不同於以往的詞、

〔註18〕陳寶良：《明代社會生活史》（北京：中國社會科學出版社，2004 年 3 月），頁 45～46。

〔註19〕余意：《明代詞學之建構》，頁 53。

畫二分，各有想像空間，詞多少帶有寄託意義，與畫的相容性不高。明代題畫詞是詞人面對一幅畫，充分領悟畫的神韻之後，再以詞的方式重新表現畫，故詞與畫是互相依附的整體，而非搭配式、可拆開的個體。另外，題畫詞除了詠園林、山水景物之外，也出現許多人物題畫詞，尤以女性居多，因為女性先天上的優勢，即具柔美纖弱的體態韻味，符合自《花間集》以來，傳統所認知的那種豔科香弱的情調。〔註20〕

（二）詞源於六朝說

明代文學的復古運動一波接著一波，佔主導地位的前七子、後七子，以所謂「文必秦漢，詩必盛唐」〔註21〕的口號掌控了文壇，也相當程度地影響了詞壇，這可從明人將詞的起源上溯至六朝看出，如楊愼《詞品・序》云：

> 詩詞同工而異曲，共源而分派。在六朝，若陶弘景之〈寒夜怨〉、梁武帝之〈江南弄〉、陸瓊之〈飲酒樂〉、隋煬帝之〈望江南〉，填詞之體已具矣。〔註22〕

又其《詞品》卷之一云：

> 大率六朝人詩，風華情致，若作長短句，即是詞也。〔註23〕

王世貞《藝苑卮言》云：

> 詞者，樂府之變也。……不知隋煬帝已有〈望江南〉詞。

〔註20〕余意：《明代詞學之建構》，頁47～53。

〔註21〕此為前七子之首李夢陽之論，《明史・李夢陽傳》載：夢陽才思雄鷙，卓然以復古自命。弘治時，宰相李東陽主文柄，天下翕然宗之。夢陽獨譏其萎弱，倡言「文必秦漢，詩必盛唐，非是者弗道。」與何景明、徐禎卿、邊貢、朱應登、顧璘、陳沂、鄭善夫、康海、王九思等，號十才子；又與景明、禎卿、貢、海、九思、王廷相，號七才子，皆卑視一世，而夢陽尤甚。見清・張廷玉等：《明史》（臺北：藝文印書館《二十五史》本，出版年不詳），冊49，卷286，頁3153。

〔註22〕明・楊愼：《詞品・序》，見錄於唐圭璋編：《詞話叢編》（北京：中華書局，1986年11月），冊1，頁408。

〔註23〕明・楊愼：《詞品》，見錄於唐圭璋編：《詞話叢編》，冊1，頁425。

蓋六朝君臣，頌酒廣色，務裁豔語，默啓詞端，實爲濫觴
之始。〔註24〕

陳霆《渚山堂詞話・序》云：

南詞始於南北朝，轉入隋而著，至唐宋昉製耳。〔註25〕

謝天瑞《新鐫補遺詩餘圖譜・序》也說：

自三百篇之後，繼之古體，變爲律詩，迄南北朝始有詩餘
焉。盛於唐宋，極於金元，而國朝諸名家尤加綺麗。〔註26〕

以上觀點，幾乎將宋代以來所認爲的詞起於唐或隋，又往前推了一大
個時間段。姑且不論明人未將「音樂體系」考慮在內的重大缺失，因
爲樂譜散佚，詞至明代已成案頭化之詞，兼之治學態度不嚴謹，故明
人忽略了「隋唐燕樂」體系和「六朝清商樂」體系是兩個非常不一樣
的音樂系統，誠然情有可原。從上述引文可知，詞體濫觴於六朝（或
稱南北朝），顯然爲明人所共識認同。何以如此？這當中有兩個關鍵
因素：

　　一是吳中地區的地理環境有其深遠的歷史淵源，金陵（作爲文
化意義來講，其範圍不只今日的南京一城，更泛及江蘇省其他的鄰近
城鎮）就是六朝舊都所在，又受復古運動影響，此地區的復古意識一
直保存著對六朝文風當中那條「浮靡、婉麗、放任審美意識氾濫」
〔註27〕路線的接納與傳承，故而表現出綺麗浮華的審美觀。正如余意
所說：

偏安的六朝時期以及大一統的明代，是中國歷史上吳中地
區的兩大繁榮時期，其人文、文化氣質具有相似性。六朝
定都在金陵以及曾做爲首都、後作爲留都的金陵，具有相

〔註24〕明・王世貞：《藝苑卮言》，見錄於唐圭璋編：《詞話叢編》，冊1，頁
385。
〔註25〕明・陳霆：《渚山堂詞話・序》，見錄於唐圭璋編：《詞話叢編》，冊
1，頁347。
〔註26〕明・謝天瑞：《新鐫補遺詩餘圖譜》（上海：上海古籍出版社《續修
四庫全書》本，2002年3月），冊1735，頁469～470。
〔註27〕謝旻琪：《明代評點詞集研究》，頁94～97。

同的歷史發展機緣。〔註28〕

一方水土養一方人，人的性情與愛好偏向，皆受地理環境深刻影響，加上歷史機緣相似，則明人將詞的起源與六朝文風傳統聯繫起來，就很容易理解了。

二是「詞」被明人整合到「樂府」這個文學體裁的系列當中去。如陳耀文說：「夫填詞者，古樂府流也。」〔註29〕周瑛說：「詞家者流，出於古樂府。」〔註30〕何良俊也說：「夫詩餘者，古樂府之流別，而後世歌曲之濫觴也。」〔註31〕又說：「詩亡而後有樂府，樂府闕而後有詩餘，詩餘廢而後有歌曲。」〔註32〕根據此三者的思路邏輯，可以推知明人認爲詞既是詩餘，而詩又是樂府之流，故樂府可謂詞之源頭，〔註33〕遂將詞體起源上溯至六朝。

在「詞源於六朝」這個觀念的領導下，以及陽明心學的流布，使得崇尚「眞情率性」的明人，敢於進一步公然藉陸機〈文賦〉中「詩緣情而綺靡」的觀點，坦蕩地正視詞的緣情而綺靡，如周永年《豔雪集‧原序》云：

〈文賦〉有之曰：「詩緣情而綺靡。」夫情則上溯風雅，下言詞曲。莫不緣以爲準。若「綺靡」兩字，用以爲詩法，則其病必至巧累於理，僭以爲詩餘法，則其妙更在情生於文，故詩餘之爲物，本緣情之旨而極綺靡之變者也。……

〔註28〕 余意：《明代詞學之建構》，頁 141～142。

〔註29〕 明‧陳耀文：《花草粹編‧自序》，見錄於張璋等編纂：《歷代詞話》（鄭州：大象出版社，2002 年 3 月），上冊，頁 364。

〔註30〕 明‧周瑛：《詞學筌蹄‧自序》，《續修四庫全書》，冊 1735，頁 392。

〔註31〕 明‧何良俊：《草堂詩餘‧序》，見錄於張璋等編纂：《歷代詞話》，上冊，頁 346。

〔註32〕 明‧何良俊：《草堂詩餘‧序》，見錄於張璋等編纂：《歷代詞話》，上冊，頁 347。

〔註33〕 「詩」和「樂府」均爲專有名詞，卻具多重定義，詩可以指《詩經》之詩；樂府也可以指漢朝的樂府。然經筆者解讀明人觀點，竊以爲其稱詞爲「詩餘」，這裡的「詩」，指的是「唐詩」，而唐詩之格律乃是從六朝樂府講求四聲八病而來的，故詞之源頭是六朝樂府，而非漢樂府。

大都唐之詞則詩之裔,而宋之詞則曲之祖。唐詩主情興,
故詞與詩合;宋詩主事理,故詞與詩離。〔註34〕

張師繹序讀書堂《花間集》、《草堂詩餘》合刊本云:

天下無無情之人,則無無情之詩。情之所鍾,正在吾輩。
然非直吾輩也。夫子刪詩,裁贏三百,周、召二南,厥為
風始。彼所謂房中之樂、床笫之言耳。推而廣之,江濱之
遊女、陌上之狂童、桑中之私奔、東門之密約,情實為之。
聖人寧推波而助瀾,蓋直寄焉。〔註35〕

沈際飛《古香岑草堂詩餘四集‧自序》云:

文章殆莫備於是矣,非體備也,情至也。情生文,文生情,
何文非情?而以參差不齊之句,寫鬱勃難狀之情,則尤至
也。……雖其鑴鏤脂粉,意專閨幨,安在乎好色而不淫?
而我師尼氏刪國風,逮〈仲子〉、〈狡童〉之作,則不忍抹
去,曰:「人之情,至男女乃極。」未有不篤於男女之情而
君臣、父子、兄弟、朋友間反有鍾吾情者。況借美人以喻
君,借佳人以喻友,其旨遠,其諷微,……故詩餘之傳,
非傳詩也,傳情也。傳其縱古橫今,體莫備於斯也。余之
津津焉評之而訂之,釋且廣之,情所不自已也。〔註36〕

就上述引文觀之,吳中地區受六朝文論與文化傳統的支持影響,重
「情」成為其詞創作之思想主線。而此處「情」的類型,則明顯偏向
私情與閨情。值得注意的是,明人提升了私情的境界與高度,將詞
中的男女私情提到與《詩經》中最原始純真的戀情並駕齊驅,發展
出不同於清代的「寄託」理念,〔註37〕認為自古以來的文和詩,都是

〔註34〕余意:《明代詞學之建構》附錄一「明人詞學序跋、詞話匯輯」,頁
241。

〔註35〕余意:《明代詞學之建構》,頁245。

〔註36〕沈際飛此序見錄於明‧顧從敬選、沈際飛評:《古香岑草堂詩餘四集》
(臺北:國家圖書館藏,明崇禎間太末翁少麓刊本)全書之前。按:
《古香岑草堂詩餘》共有四集:正集六卷、續集二卷、別集四卷、
新集五卷,雖合併刊行,然各自均能獨立成書。

〔註37〕余意:《明代詞學之建構》之「『情』與明中後期詞學中『寄託』的
邏輯生成」,頁163～170。

爲傳情而發、而作，詞也一樣，並企圖將「情」之表達正當化，因此他們由詩騷中抓住了言情的成分，加以擴大、渲染，來爲其主情思想張本。〔註38〕所謂「江濱之遊女、陌上之狂童、桑中之私奔、東門之密約，情實爲之」、「夫情則上溯風雅，下言詞曲」、「詩餘之傳，非傳詩也，傳情也」、「情所不自已也」，均積極肯定人的情感表露，將寫私情的詞，從宋代「佐酒侑觴、遣興娛賓」的不登大雅之堂的角度，轉換到「傳情寄託」的層面。〔註39〕這條延續自六朝的重情傳統，和當時陽明心學興盛、提倡眞情率性等理念可說是相輔相成，互爲推波助瀾。

（三）花草之風盛行與詞的審美標準

徐士俊曾說：「《草堂》之草，歲歲吹青；《花間》之花，年年逞豔。」〔註40〕非常生動地描述了《草堂詩餘》和《花間集》在明代流傳廣泛，並深受喜愛的情況。然而實際上，《草堂詩餘》的流行早於《花間集》，〔註41〕傳播數量也遠多於《花間集》，僅刻本一項，就有39種；《花間集》包括刻本、抄本、藏本，則僅有19種。〔註42〕而各種《草堂詩餘》的續選、補編層出不窮，《花間集》的補編卻只有溫博《花間集補》一書。這是因爲《花間集》失傳過一段時間，後由楊愼復得，其《詞品》卷之二記載：

> 此集（指《花間集》）久不傳，予得之於昭覺僧寺，乃孟氏宣華宮故址也。後傳刻於南方云。〔註43〕

可知楊愼得《花間集》於孟昶蜀宮故址改建之僧寺，並將其傳刻至南

〔註38〕謝旻琪：《明代評點詞集研究》，頁71。

〔註39〕余意：《明代詞學之建構》，頁165～166。

〔註40〕此則見清‧馮金伯：《詞苑萃編》卷八引，見錄於唐圭璋編：《詞話叢編》，冊2，頁1940。

〔註41〕從陳耀文《花草粹編‧自序》：「然世之《草堂》盛行，而《花間》不顯，故知宣情易感，含思難諧者矣。」可知《草堂詩餘》的盛行早於《花間集》。張璋等編纂：《歷代詞話》，上冊，頁364。

〔註42〕余意：《明代詞學之建構》，頁147。

〔註43〕明‧楊愼：《詞品》，見錄於唐圭璋編：《詞話叢編》，冊1，頁457。

方。受到復古運動推波助瀾，〔註44〕兼之《花間集》婉約細膩、雕采鏤金的情調，符合江南吳中一帶的愛好，使人們對《草堂詩餘》關注減弱，興起崇尚花間之風氣，甚而到了明代中後期，奉《花間集》為詞統，〔註45〕《花間集》的勢力從此凌駕《草堂詩餘》之上。以下即就花、草之風如何影響明代詞壇，作一簡要闡述。

1. 草堂詩餘

這部南宋書坊所編的詞選，到了明代，編選性質二分：「分類本」延續了原先宋代為應歌娛樂，以便傳唱之目的；「分調本」則反映了詞至明代，由於詞樂失傳，再按事物分類，已然失去意義，因此顧從敬《類編草堂詩餘》因時制宜，將原本體制打破，首開分調風氣，按字數多寡羅列詞調，以小令、中調、長調分編。〔註46〕其用心如蕭鵬所言：

> 其以小令、中調和長調三分法選詞，反映了唐宋詞樂既已失傳之後，詞家對詞體聲律的尋找和補救心理；反映了選家欲合訂譜與選詞為一體，將詞選選成既是玩味欣賞的讀本，又是填詞創作的格律準式的努力和追求。〔註47〕

《草堂詩餘》分調本出現後，所帶來的迴響非常廣大，可以說在它之後的明代詞選與詞譜，都是依循著分類本或分調本這兩大體系編選的，且順應時勢的「分調本」漸次增加，後來居上。〔註48〕

〔註44〕陶子珍：《明代詞選研究》，頁210～211。

〔註45〕余意：《明代詞學之建構》，頁148～149。

〔註46〕顧從敬《類編草堂詩餘》（1550）是明代詞選中首開分調風氣者，然而依小令、中調、長調三分法編排選詞的方式，並非顧從敬始創。這種三分法原起於張綖的《詩餘圖譜》（1536），只不過張綖用三分法來分卷註調、編定詞譜，未曾引起廣大注意，而顧從敬按此體例來編詞選後，卻使明人驚喜異常、耳目一新，紛紛仿效。因此，明代詞譜當中，以張綖《詩餘圖譜》為三分法訂譜之首創者，詞選當中則是顧從敬《類編草堂詩餘》最先將張綖的三分法運用於編排詞調。參蕭鵬：《群體的選擇——唐宋人選詞與詞選通論》（臺北：文津出版社，1992年11月），頁245～246。

〔註47〕蕭鵬：《群體的選擇——唐宋人選詞與詞選通論》，頁245。

〔註48〕陶子珍：《明代詞選研究》，頁94～95。

《草堂詩餘》另一重大影響，在於所選詞作的整體風格具有「淺近通俗」與「纖麗婉約」的特點，〔註49〕而這兩個特點對於形塑明代詞壇審美標準，具關鍵意義，尤其「纖麗婉約」此標準，受到後起之《花間集》加強，成為明代評詞選詞一致之主流共識。

2. 花間集

明代中後期，《花間集》取代《草堂詩餘》，成為詞壇炙手可熱的專寵，進而使詞壇建立了以花間為詞統的主流思想，其地位一直維持到明末。顧梧芳在〈尊前集引〉說：「余素愛《花間集》勝《草堂詩餘》，欲傳播之。」〔註50〕毛晉於〈花間集跋〉更說：「急梓斯集（指《花間集》），以為倚聲填詞之祖。」〔註51〕其中原因是認為「花間無俗調，草堂入數闋而外悉惡道語，不耐檢。」〔註52〕反映出時人已漸不滿於本為應歌而編、取材難免通俗之《草堂詩餘》，故而欲以《花間集》來加以補救，並用此最早的詞總集作範本，來指導創作。〔註53〕《花間集》對詞壇的影響，主要是使詞壇崇尚如花間代表溫庭筠一般華麗精工的詞風與內容，矯正部分《草堂詩餘》的淺俗弊病，卻也造成以香弱豔麗為美的價值取向。《花間集》在吳中地區的流傳，更和六朝文風、復古思潮巧妙連結起來，並加深其作用。

3. 詞的審美標準

吳中詞人崇尚婉約詞風，和其所處江南經濟繁榮之生活環境與

〔註49〕陶子珍：《明代詞選研究》，頁84～86。

〔註50〕明・顧梧芳：〈尊前集引〉，見錄於張璋等編纂：《歷代詞話》，上冊，頁362。

〔註51〕又徐師曾《文體明辯・附錄》卷之三〈詩餘〉也謂：「趙崇祚輯為《花間集》，凡五百闋，此近代倚聲填詞之祖也。」見明・徐師曾：《詩餘》，見錄於明・徐師曾：《文體明辯・附錄》，《四庫全書存目叢書》（臺南：莊嚴文化出版公司，1997年6月），集部，冊312，頁545。

〔註52〕明・鍾人杰：〈跋花間草堂合刊本〉，見錄於余意：《明代詞學之建構》附錄一「明人詞學序跋、詞話匯輯」，頁245。

〔註53〕余意：《明代詞學之建構》，頁147～148。

六朝文學淵源，甚有關係。又因《花間集》詞統的確立，進而使其審
美角度如歐陽炯《花間集·序》所言：

> 鏤玉雕瓊，擬化工而迴巧；裁花剪葉，奪春豔以爭鮮。……
> 綺筵公子，繡幌佳人，遞葉葉之花箋，文抽麗錦；舉纖纖
> 之玉指，拍按香檀。不無清絕之辭，用助嬌嬈之態。〔註54〕

從本質上說，六朝文學與花間詞都是生活奢華、享樂香豔的產物，故
其特色即是「語言流美、風華精巧、情韻動人」，構成明代吳中詞人
普遍的審美傾向。

陽明心學對禮教禁錮的反動，使人回歸眞情率性，商業活動促使
文人世俗化，兼之《草堂詩餘》流行多時，相當程度地引導市井愛好，
使通俗淺近、明白易懂又能感人的詞風，成爲另一種審美傾向。結合
這兩種傾向，再由明代詞話或詞集序跋當中的具體例子可知，明代詞
壇的主流審美標準有二：

一是尙「淺近」，如徐渭《南詞敘錄》云：

> 晚唐、五代，填詞最高，宋人不及。何也？詞須淺近。晚
> 唐詩文最淺，鄰於詞調，故臻上品；宋人開口便學杜詩，
> 格高氣粗，出語便自生硬，終是不合格。〔註55〕

二是尙「婉麗」，如何良俊云：

> 詩餘以婉麗流暢爲美。〔註56〕

王世貞《藝苑巵言》亦云：

> 詞須宛轉綿麗，淺至儇俏，挾春花煙月於閨幨內奏之，一
> 語之豔，令人魂絕；一字之工，令人色飛，乃爲貴耳。
>
> 〔註57〕

〔註54〕 後蜀·歐陽炯：《花間集·序》，見錄於張璋等編纂：《歷代詞話》，
　　　　上冊，頁3。
〔註55〕 明·徐渭：《南詞敘錄》，《續修四庫全書》，冊1758，頁413。
〔註56〕 明·何良俊：《草堂詩餘·序》，見錄於張璋等編纂：《歷代詞話》，
　　　　上冊，頁347。
〔註57〕 明·王世貞：《藝苑巵言》，見錄於唐圭璋編：《詞話叢編》，冊1，頁
　　　　385。

是知「淺近婉麗」係明人審美準繩，然而不容忽略「情眞」是其最基本的要件，如余意所說：

> 一般認爲，明代人詞中尚情論主要爲綺靡張本，其實不然。
> 情之下面，明人倡導的是「眞」，正是「眞」才是人性情的
> 表現。〔註58〕

值得注意的是，南唐詞風「清雅高渾」的韻味，也爲明人取來矯正六朝與花間部分較爲俗豔膩弱的審美缺失。如王世貞說：「《花間》猶傷促碎，至南唐李王父子而妙矣。」〔註59〕還有胡應麟曾讚李煜曰：「蓋溫、韋雖藻麗，而氣頗傷促，意不勝辭，至此君（指李煜）方是當行作家，清便婉轉，詞家王、孟。」〔註60〕道出了溫庭筠所代表的花間詞風之弊病，認爲南唐清雅高渾之詞風勝過花間一籌。

不過，明人雖尚婉約華美之作，卻未曾否定豪放詞風，只是在其心目中，以婉約爲本色正體。如第一個明言區分詞爲「婉約」與「豪放」二體的張綖，在其《詩餘圖譜·凡例》說到：「按詞體大略有二：一體婉約，一體豪放。婉約者，欲其詞情蘊藉；豪放者，欲其氣象恢弘。蓋亦存乎其人，如秦少游之作，多是婉約；蘇子瞻之作，多是豪放。大抵詞體以婉約爲正，故東坡稱少游爲今之詞手；後山評東坡詞雖極天下之至工，要非本色。今所錄爲式者，必是婉約，庶得詞體。」〔註61〕王世貞《藝苑卮言》也說：「溫飛卿所作詞曰《金荃集》，唐人詞有集曰《蘭畹》，蓋皆取其香而弱也。然則雄壯者，固次之矣」〔註62〕、「至於慷慨磊落，縱橫豪爽，抑亦其次，不作可耳。」〔註63〕

〔註58〕余意：《明代詞學之建構》，頁176。
〔註59〕明·王世貞：《藝苑卮言》，見錄於唐圭璋編：《詞話叢編》，冊1，頁387。
〔註60〕明·胡應麟：《詩藪·雜編》（上海：上海古籍出版社《續修四庫全書》本，2002年3月），冊1696，卷4，頁212～213。
〔註61〕明·張綖：《詩餘圖譜》，《續修四庫全書》，冊1735，頁473。
〔註62〕明·王世貞：《藝苑卮言》，見錄於唐圭璋編：《詞話叢編》，冊1，頁386。
〔註63〕明·王世貞：《藝苑卮言》，見錄於唐圭璋編：《詞話叢編》，冊1，頁

又說：「然學士此詞（指蘇軾〈念奴嬌〉大江東去），亦自雄壯，感慨千古。果令銅將軍於大江奏之，必能使江波鼎沸。」〔註64〕從「存乎其人」可見明人認爲詞風和個人性情相關，沒有好壞之分，且雄壯至絕妙，還能令「江波鼎沸」，是知他不偏廢豪放一派，也能欣賞雄壯與感慨之作品；卻仍難免視豪放爲「其次、不作可耳」。王世貞的看法，和張綖認爲「豪放非本色」、「必以婉約爲正，錄入詞譜，作爲塡詞準則」的觀點相一致。

（四）詞之圖譜化

1.詞樂散佚造成案頭化之詞

明代之詞有一危機兼轉機之處，就是基本上已然脫離音樂，步入徒文學的形式。說是危機，因爲詞從誕生以來，一直是詞文與詞樂互相配合的，甚至是先有詞樂，再塡入詞文的。詞先天上即是音樂與文學融合的產物，也是詞異於詩的標誌。南宋文人化的雅詞，縱使有不少已經脫離原初起於民間的音樂，卻仍有詞人自度曲勉強支持著音樂文學的傳統。到了明代，詞與音樂脫節的狀況徹底定型，然而這也未嘗不是轉機，因爲脫離了音樂的束縛制約，詞的文學性大爲增強，這個時候正是確認詞體文學特徵的大好時機。如《四庫全書總目·宋名家詞提要》指出：

> 然音節婉轉較詩易於言情，故好之者終不絕，於是音律之
> 事，變爲吟詠之事，詞遂爲文章之一種。〔註65〕

「詞遂爲文章之一種」，明確點出過去視爲小道的詞，如今也屬「吟詠之事」，而「爲文章之一種」，詞終於也能自成文類，有著與詩並駕齊驅的地位。那麼此時的詞和詩最重要的不同之處，即是詞「音

385。
〔註64〕 明·王世貞：《藝苑卮言》，見錄於唐圭璋編：《詞話叢編》，冊1，頁387。
〔註65〕 清·永瑢、紀昀等：《四庫全書總目提要》（臺北：臺灣商務印書館，1983年10月），卷200，頁339。

節婉轉較詩易於言情」，不僅意味在內容題材的表達上，詞和詩有其各自適合的疆域，更清楚點出音樂文學的基因，仍遺留在案頭化的詞中，即使只剩文字，而不知道如何唱出曲調，缺少了聲情之美，卻仍可藉著吟詠，從前人名作當中，去體會各詞調的特色。又因歷代詞調「同名異調」、「異名同調」或「同調異體」等情況複雜而分歧，故明人必須加以整理，將每一詞調，據前賢佳作定出準式範例，以供時人填詞有個具體標準，不再莫衷一是、徒費工夫，這就是詞「圖譜化」的由來。〔註66〕自此而後，填詞和作詩一樣，變成需要按照平仄格律，填詞之「填」，不再是依聲腔樂譜，而是按律譜之字數短長、平仄押韻去寫，必須嚴守定律，故不能如唐宋唱曲一般，隨機變化出格。

2. 詞譜之意義與影響

從《草堂詩餘》出現分調本，到周瑛《詞學筌蹄》成書，均可見明人為詞樂散佚所作的調整和創建。依詞譜填詞的模式，不能不視為一種突破，其積極意義，當如余意所言：

> 主要以標示平仄、韻腳、句讀等為主的格律詞譜的出現，讓人們得以用律詩的方法作詞，對詞發展而言是一次大的進步。〔註67〕

圖譜的出現，也確保了案頭化之詞的獨特性，如施議對《詞與音樂關係研究》所言：

> 無論在詞樂盛行之時，或者是在詞樂失傳之後，講究聲律，注重詞的形式美與音樂美，才能確保詞在文學史上獨立存在的地位。詞史上，總結詞的這一聲音規則的專門著作是詞譜。〔註68〕

〔註66〕陶子珍：《明代詞選研究》，頁251～254；余意：《明代詞學之建構》，頁172～174。

〔註67〕余意：《明代詞學之建構》，頁195。

〔註68〕施議對：《詞與音樂關係研究》（北京：中國社會科學出版社，1985年7月），頁293。

筆者歸納詞譜的影響有三：一是提出「婉約」與「豪放」二體，且多以婉約爲正體本色，如《詩餘圖譜》的編選者張綖，僅選婉約之詞入譜，以作範例。詞譜這種兼具詞選功能的觀點，不只使明代崇尚婉約成爲主流審美觀，更引發後來所謂「正體、變體」或「本色、非本色」之爭議。二是奠定律譜發展之基礎，如清代萬樹《詞律》雖然批評明代詞譜的許多缺失，卻不能否定明人篳路藍縷的功勞，使得後世詞譜有依循的底本與改進的空間。〔註69〕三是促進詞創作之風的興盛，〔註70〕無論明代或清代，時人按律譜塡詞，不再有如瞎子摸象一般，難知全貌。詞譜誠如「修詞家南車」〔註71〕，清代王士禛很生動地描述自己讀了詞譜之後，塡詞便有所依憑，創作數量大增：

> 向十許歲，學作長短句，不工，則棄去。今夏樓居，效比邱休夏自恣。……偶讀《嘯餘譜》，輒拈筆塡詞，次第得三十首。〔註72〕

讀譜前後，落差之大，可見《嘯餘譜》對王士禛來說，實在好比絕世武功密笈、無上心法一般，看了之後，塡詞真是輕鬆便捷。

上述看似王士禛一己之經驗談，然而明代詞譜之功與流傳之廣，是整個清代前期之人都受其嘉惠的，鄒祇謨曾說：「今人作詩餘，多據張南湖《詩餘圖譜》及程明善《嘯餘譜》二書。」〔註73〕田同之也說：「自國初至康熙十年前，塡詞家多沿明人，遵守《嘯餘譜》一書。」〔註74〕可見其盛況。故依詞譜塡詞，自明代以降，蔚成風氣，甚而延

〔註69〕陶子珍：《明代詞選研究》，頁260～265。

〔註70〕余意：《明代詞學之建構》，頁196～197。

〔註71〕明・王象晉：《重刻詩餘圖譜・序》，見錄於施蟄存主編：《詞籍序跋萃編》（北京：中國社會科學出版社，1994年12月），卷10，頁895。

〔註72〕清・王士禛：《衍波詞・自序》，見錄於楊家駱主編：《清詞別集百三十四種》（臺北：鼎文書局，1975年8月），冊3，頁1585。

〔註73〕清・鄒祇謨：《遠志齋詞衷》，見錄於唐圭璋編：《詞話叢編》，冊1，頁643。

〔註74〕清・田同之：《西圃詞話》，見錄於唐圭璋編：《詞話叢編》，冊2，頁1473。

續至今。

第二節　接受之具體呈現──詞話、詞論

　　明代延續宋元時期的傳統的專門詞話著作不多，純屬詞論的更少。有意爲之，並具有系統與規模的詞話專著，當屬陳霆《渚山堂詞話》和楊愼《詞品》等，其內容包括了宋元時期評藝文和言本事兩種體式的企圖。〔註75〕其他詞話的資料，幾乎都集中在詞集序跋題記或是詞選、詞譜當中，而以所謂「評點」〔註76〕的模式呈現。尤其到明代後期，評點這種零散、隨興、理論性普遍不高的詞話大量出現，特別是對《草堂詩餘》和《花間集》及其各種補編、續集所作的評點，以及可稱作「評點詞集」〔註77〕而書名非花、草系列之《詞的》、《古今詞統》、《詞菁》、《精選古今詩餘醉》等當中的評點，構成明代詞話的主流。〔註78〕何以如此？前面說過，明代詞人的主要身分乃是藝術家，在園林悠閒生活與市井商業趣味的交互作用之下，即創造了明代特有的評點式的詞話、詞論，如謝旻琪所言：

> 中晚明文人，對詞抱持著兩極的態度：既重視又漫不經心；既視之爲小道，又特別想要細細賞玩琢磨。在世俗化的傾向和商業型態的主導下，「評點」這種隨性把玩的批評方式便應運而生。〔註79〕

這種兩極的、看似矛盾的態度，其實若以藝術家的性格來分析，就比

〔註75〕朱崇才：《詞話學》（臺北：文津出版社，1995年1月），頁126。

〔註76〕評點是一種隨閱隨批的批評方式。文人閱讀文本時，針對題目或作品加上評語、附註，有時也在重點處加上各種符號標記，由於具備有評有點的特色，故稱爲「評點」。謝旻琪：《明代評點詞集研究》，頁11。

〔註77〕「評點詞集」的定義爲：「評點必然是依附著詞作的，並且批評的文字與所評作品是融爲一體的。」謝旻琪：《明代評點詞集研究》，頁11。

〔註78〕朱崇才：《詞話學》，頁126～131；謝旻琪：《明代評點詞集研究》，頁11～12。

〔註79〕謝旻琪：《明代評點詞集研究》，頁93。

較容易理解了。因爲明人對於詞所秉持的心態，一如其他藝術項目，他們常常很隨性地在賞玩古董、書畫，喜愛是非常喜愛，也會到癡迷的境界，但終究不是在作考據研究，故其態度是非理性的、不夠嚴謹的，難免流於粗疏。詞人這種瀟灑不羈的性格，正和其生活環境密切相關，於是出現了評點式的詞話。然而評點中所蘊含的文化涵養與感知經驗，卻不容小覷。對詞進行「評點」與「評點詞集」的大量出現，正代表「主情」的明人，更注意到詞抒情的特質，而不著重理論邏輯的架構；況且評點的隨意性，不僅讓評點的內容更平易近人、流傳迴響更廣泛，也處處透露了他們的審美觀點，〔註80〕對於瞭解明人的審美價值取向，實在具有「一語中的」、「一目了然」之效，讓後人能輕易走入明代詞人的審美視野當中，因此評點可謂明詞最大特色所在。以下即就明代詞話述及李煜詞者，作歸納與分析。

一、對李煜詞本事之探究

（一）陳霆《唐餘紀傳》卷十四：

> 昭惠國后周氏，小字娥皇，司徒宗之女。十九歲來歸，通書史、善歌舞，尤工琵琶。嘗爲壽中主前，中主嘆其工，以燒槽琵琶賜之，蓋中主寶惜之器也。后於采戲、碁奕，靡不妙絕。後主嗣位，立爲后，寵嬖專房。創爲高髻纖裳及首翹鬢朵之粧，人皆効之。嘗雪夜酣宴，舉杯請後主起舞。後主曰：「汝能創爲新聲，則可矣。」后即命牋綴譜，喉無滯音，筆無停思，俄頃譜成，所謂〈邀醉舞破〉也。又有〈恨來遲破〉，亦后所製。故唐盛時，〈霓裳羽衣〉最爲大曲，亂離之後，絕不復傳。后得殘譜，以琵琶奏之，於是開元、天寶之遺音，復傳於世。內史舍人徐鉉聞之於國工曹生，鉉亦知音，問曰：「法曲終則緩，此聲乃反急，何也？」曹生曰：「舊譜實緩，宮中有人易之，非吉徵也。」後主以后好音律，因亦耽嗜，頗廢政事。監察御史張憲切

諫，賜帛三十疋，以旌敢言，然不爲報也。〔註81〕

（二）顧起元《客座贅語》卷五：

> 李後主在圍中猶作長短句，未就而城破。其詞云：「櫻桃落
> 盡春歸去，蝶翻金粉雙飛。子規啼月小樓西。曲闌珠箔，
> 惆悵卷金泥。　　門巷寂寥人去後，望殘烟柳低迷」。當時
> 江南被圍，自開寶七年十一月至八年十一月二十七日城
> 破，宋祖令呂龜祥詣金陵籍煜圖書赴闕下得六萬餘卷，其
> 爲後主與黃保儀聚焚者，又不知幾許也。後主好文如此，
> 故非庸主。其詞是〈臨江仙〉調，悽婉有致。〔註82〕

明代對李煜詞本事之探究，較之於宋代，已經大爲減少，所記者亦多將宋代史書、筆記作一番重新組合，或演繹、或歸納而已。如上述陳霆所記大周后修訂〈霓裳羽衣曲〉之事，和宋代幾乎如出一轍；顧起元記李煜圍城中作〈臨江仙〉詞，也全取材自宋人文獻。值得注意的是，顧起元從後主「好文」的角度來判定他「非庸主」，實乃新穎之見，宋人斷不會做此評論，可見對於李煜「在圍城中做長短句」這同一件事，明人和宋人觀感有著顯著的不同，這和期待視野的轉變息息相關，時移境遷，明人已然脫離宋人的政治立場，對待李煜和其詞的態度也改變了。明人作爲詞的藝術家，回歸到生活的、人性的基本面，對李煜是同情憐惜的多，故明代詞話和宋代最爲不同之處即是明代出現將詞本事和詞文分開探討的趨勢，他們依然關注李煜的各類情事，卻將焦點轉移到詞文本身。以陳霆《唐餘紀傳》和顧起元《客座贅語》而言，兩書都錄有相當數量的南唐軼事，但是由軼事提到詞文內容者卻甚少。如《唐餘紀傳》亦載小周后事：「或謂后寢疾，小周后已入宮。后偶褰幬見之，驚問曰：『汝何日來？』小后尚幼，未知避嫌，對曰：『既數日矣。』后恚怒，至死面不外

〔註81〕明‧陳霆：《唐餘紀傳》（上海：上海古籍出版社《續修四庫全書》本，2002 年 3 月），冊 333，頁 614。

〔註82〕明‧顧起元：《客座贅語》（上海：上海古籍出版社《續修四庫全書》本，2002 年 3 月），冊 1260，頁 172。

向……」〔註 83〕當中雖言未提〈菩薩蠻〉（花明月暗籠輕霧）的任何
名句，然而單獨評點〈菩薩蠻〉的詞文而不涉及詞本事者卻極多。這
和宋代以詞本事為主，附帶一提詞文的狀況很不一樣，反而有關詞句
的專門評點數量大增，對於李煜詞的深入研究來說，是個好現象，反
映出明人對李煜詞的接受程度提高，突破了宋人陳見，全面進展到藝
術價值的細部鑑賞。關於評點的部分，待後文探討。

二、對李煜詞整體風格與詞史地位之推崇

（一）王世貞《藝苑卮言》：

花間猶傷促碎，至南唐李王父子而妙矣。〔註 84〕

又云：

《花間》以小語致巧，世說靡也；《草堂》以麗字取妍，六
朝逾也。即詞號稱詩餘，然而詩人不為也，何者？其婉孌
而近情也，足以移情而奪嗜。其柔靡而近俗也，詩嘽緩而
就之，而不知其下也。之詩而詞，非詞也；之詞而詩，非
詩也。言其業，李氏、晏氏父子、耆卿、子野、美成、少
游、易安至矣，詞之正宗也。溫、韋豔而促；黃九精而險；
長公麗而壯；幼安辨而奇，又其次也，詞之變體也。〔註 85〕

（二）黃河清〈續草堂詩餘序〉：

詞固樂府鐃歌之濫觴，李供奉、王右丞開其美，而南唐李
氏父子實弘其業，晏、秦、歐、柳、周、蘇之徒嗣其響。……
夫詞體纖弱，壯夫不為，獨惜篇什寂寥。彼歌〈金縷〉、唱
〈柳枝〉者，其聲宛轉易窮耳。所刻續集中，如李後主之
秋閨、李易安之閨思、……以此數闋，授一小青娥，撥銀
箏，倚綠窗，作曼聲，則繞樑過雲，亦足令多情人魂銷也，

〔註83〕明・陳霆：《唐餘紀傳》（上海：上海古籍出版社《續修四庫全書》
本，2002 年 3 月），冊 333，頁 614。

〔註84〕明・王世貞：《藝苑卮言》，見錄於唐圭璋編：《詞話叢編》，冊 1，頁
387。

〔註85〕明・王世貞：《藝苑卮言》，見錄於唐圭璋編：《詞話叢編》，冊 1，頁
387。

豈必皆古溁水之節哉！〔註86〕

（三）譚爾進〈南唐二主詞題詞〉：

時家國陰陰，如日將莫，二主乃別有一副閒心，寄之於詞
調，竟以此獲不朽矣。是集（指《南唐二主詞》）世所傳南
唐二主詞，特其一斑也。讀之皆淒愴悲動，亦復幽閒跌
宕，如多態女子，如少年書生，落調纖莘，吐心婉摯，竟
爲有情人案頭不可少之書。……後主少而聰穎，尤善屬文，
兼攻書畫。至讀其集至詩，及親誄周后數百餘語，轉折流
連，性柔才大，更非人所及也。……但使二主不爲有國之
君，居然慧業文人，自足風流千古，斯亦可爲二主之定論
也已。〔註87〕

（四）胡應麟《少室山房筆叢》卷四一：

六朝、五季，始若不侔，而末極相類。陳、隋二主，固魯
衛之政，乃南唐、孟蜀二後主，於詞曲皆致工。蜀則韋莊
在昶前，唐則馮、韓諸人，唱酬煜世，並宋元濫觴也。
〔註88〕

（五）胡應麟《詩藪·雜編》卷四：

南唐中主、後主皆有文。後主一目重瞳子，樂府爲宋人一
代開山祖。蓋溫、韋雖藻麗，而氣頗傷促，意不勝辭，至
此君方是當行作家，清便宛轉，詞家王、孟。〔註89〕

（六）陳子龍〈幽蘭草詞序〉：

自金陵二主以至靖康，代有作者，或穠纖婉麗，極哀豔之
情；或流暢澹逸，窮盼倩之趣。然皆境緣情生，辭隨意
啓，天機偶發，元音自成。繁促之中，尚存高渾，斯爲最

〔註86〕明·黃河清：〈續草堂詩餘序〉，見錄於張璋等編纂：《歷代詞話》，
上冊，頁493。
〔註87〕明·譚爾進：〈南唐二主詞題詞〉，見錄於施蟄存主編：《詞籍序跋萃
編》，卷1，頁8。
〔註88〕明·胡應麟：《少室山房筆叢》（北京：中華書局，1958年10月），
頁553。
〔註89〕明·胡應麟：《詩藪·雜編》（上海：上海古籍出版社《續修四庫全
書》本，2002年3月），冊1696，頁212～213。

盛也。南渡以還，此聲遂渺。寄慨者亢率而近於愴武；諧
俗者鄙淺而入於優伶，以視周、李諸君，即有鄙郡人士之
嘆。〔註90〕

（七）秦士奇〈草堂詩餘敘〉：
李、晏、柳五、秦七、「雲破月來花弄影」郎中、「紅杏枝
頭春意鬧」尚書，閨彥若易安居士，詞之正也。至溫、韋
艷而促，黃九精而刻，長公騷而壯，幼安辨而奇，又辭之
變體也。至高竹屋、姜白石、史梅溪、吳夢窗諸人，格調
迥出清新，故辭流於唐而盛於宋。〔註91〕

此類言論，肯定李煜工於詞，是當行作家，且詞音繞樑遏雲，足令多
情人魂銷；其詞風清婉渾成，格調高過花間之促碎。值得注意的是，
《花間集》和《草堂詩餘》雖然風靡明代詞壇，但是過度強調綺豔淺
俗的格調，必定會出現企圖超越的反動聲浪，從王世貞謂「花間猶傷
促碎，至南唐李王父子而妙矣。」即見跡象，到了陳子龍更是撇開花
間不談，僅推崇「自金陵二主以至靖康」之作。這可視為明代文人受
雅俗共存的社會環境影響，既認同輕佻俗豔所帶有的真情趣味，卻又
傾慕李煜詞中流露高貴渾成的皇家氣息所致。

　　明人亦多將李煜與其父李璟並舉，代表南唐詞在詞史上之地位，
而李煜成就又勝過其父，為宋人樂府開山祖、宋元濫觴。王世貞、
秦士奇則建構起詞中「正」與「變」兩條路線，以李氏父子為詞之正
體，循此路線者，有晏氏父子、柳永、秦觀、張先、宋祁，直到李清
照等人，其詞風格皆屬婉約類型，此當與明人審美偏好婉約詞風有
關。至於譚爾進謂「但使二主不為有國之君，居然慧業文人，自足風
流千古」云云，論點相似者眾，不管是單提李煜，或是將李煜和其他
有才華之君王並論，如沈際飛謂「後主、煬帝輩，除卻天子不為，使

〔註90〕　明・陳子龍：《安雅堂稿》（臺北：偉文圖書出版社，1977 年 9 月），
　　　　　卷 5，頁 3。
〔註91〕　明・秦士奇：〈草堂詩餘敘〉，見明・顧從敬選、沈際飛評：《古香岑
　　　　　草堂詩餘》（臺北：國家圖書館藏，明崇禎間太末翁少麓刊本）全書
　　　　　前附，頁 2～3。

之作文士蕩子，前無古，後無今。」〔註92〕皆從正面推崇李煜詞的文
學成就，這和明人生活上的享樂化與藝術化密切相關，使他們對風流
帝王李煜的總體詞風深懷「心有戚戚焉」之感，自然對其詞史定位評
價甚高。另外，南唐國都在金陵，聯繫到六朝文風的傳承，也是關鍵
原因，如楊慎《詞品》卷之一謂：「大率六朝人詩，風華情致，若作
長短句，即是詞也。」〔註93〕明人認定詞的起源在六朝，故六朝的流
風遺韻是他們極度推崇的，而以「風華情致」總攝之。王世貞《藝苑
卮言》云：

> 「歸來休放燭花紅，待踏馬蹄清夜月」，致語也；「問君能
> 有幾多愁，卻似一江春水向東流」，情語也。後主直是詞
> 手。〔註94〕

這種觀點恰好呼應了楊慎「風華情致」之論，不僅稱讚李煜「直是詞
手」，更用四詞句、分二組概括，同時給了「情語」和「致語」的評
價，可知其詞「情」與「致」兼具，符合明人最高審美準則。總之，
明人對李煜詞的整體評價已不再如宋人囿於政治立場和強烈的經世
濟民理想而清一色只就「悽惋」、「亡國之音哀以思」來論斷，反倒因
爲生活環境造就期待視野的契合，使明人從寬廣的角度看待李煜詞，
梳理出一條清晰的詞史脈絡，確立李煜在詞史上的重要地位。

　　明人對李煜詞的極度推崇，還有一則詞話可作代表，即徐士俊評

〔註92〕明・顧從敬選、沈際飛評：《古香岑草堂詩餘・別集》（臺北：國家
　　　　圖書館藏，明崇禎間太末翁少麓刊本），卷二，頁 21。《古香岑草堂
　　　　詩餘》共有四集：正集六卷、續集二卷、別集四卷、新集五卷，雖
　　　　合併刊行，然各自均能獨立成書。明人對於李煜帝王才子的亡國悲
　　　　劇感到惋惜不已，因此和沈際飛抱持類似看法者不少，如徐士俊亦
　　　　云：「天何不使後主現文士身，而必予以天子位，不配才，殊爲恨
　　　　恨。」（此爲徐士俊評於〈一斛珠〉（曉妝初過）上方眉批處之語，
　　　　見明・卓人月、徐士俊輯：《古今詞統》，上海：上海古籍出版社《續
　　　　修四庫全書》本，2002 年 3 月，冊 1728，頁 629）
〔註93〕明・楊慎：《詞品》，見錄於唐圭璋編：《詞話叢編》，冊 1，頁 425。
〔註94〕明・王世貞：《藝苑卮言》，見錄於唐圭璋編：《詞話叢編》，冊 1，頁
　　　　388。

〈菩薩蠻〉（銅簧韻脆鏘寒竹）：

> 後主詞率意都妙，即如「衷素」二字，出他人口便村。

〔註95〕

這是明人對李煜詞情有獨鍾之最佳寫照和明證。徐士俊對李煜詞真是傾心折服至極，覺得「後主詞率意都妙」，連一般人用之便「村」、便「粗俗土氣如鄉巴佬」的語彙，李煜用來就是不同凡響，這無疑是極度鍾愛李煜詞所致。「衷素」二字出自「雨雲深繡戶。未便諧衷素」，句意也略嫌平庸露骨，再綜觀李煜詞，可知〈菩薩蠻〉（銅簧韻脆鏘寒竹）在整體中算是較為香豔淺露的，何以還能得徐士俊這般厚愛？筆者以為當是李煜出身帝王世家，秉性修養，溫和儒雅，其文學與各類藝術均有極高造詣，故其詞整體很自然會給人富貴高渾之感，他人用之俗氣的語彙，李煜用來竟不覺俗氣了。

三、對李煜詞藝術價值之讚賞

（一）評點詞句修辭

1. 《古今詞統》卷五，徐士俊評〈菩薩蠻〉（花明月暗籠輕霧）：
   「花明月暗」一語，珠聲玉價。〔註96〕

2. 《古今詞統》卷七，徐士俊評〈浪淘沙〉（簾外雨潺潺）：
   花歸而人不歸，寓感良深，若作「春去也」，便犯春意句。

   〔註97〕

3. 《古今詞統》卷三，徐士俊評〈長相思〉（雲一緺）：
   （雲一緺。玉一梭）緣飾先佳。〔註98〕

〔註95〕 明・卓人月、徐士俊輯：《古今詞統》（上海：上海古籍出版社《續修四庫全書》本，2002年3月），冊1728，卷5，頁550。

〔註96〕 明・卓人月、徐士俊輯：《古今詞統》（上海：上海古籍出版社《續修四庫全書》本，2002年3月），冊1728，頁550。

〔註97〕 明・卓人月、徐士俊輯：《古今詞統》（上海：上海古籍出版社《續修四庫全書》本，2002年3月），冊1728，頁596。

〔註98〕 明・卓人月、徐士俊輯：《古今詞統》（上海：上海古籍出版社《續修四庫全書》本，2002年3月），冊1728，頁509。眉批處未明言何

4. 潘游龍《精選古今詩餘醉》卷十二評〈一斛珠〉（晚妝初過）：

描畫精細，絕似一篇上好小題文字。〔註99〕

5. 潘游龍《精選古今詩餘醉》卷十評〈菩薩蠻〉（花明月暗籠輕
霧）：

結語俚俚極眞。〔註100〕

上述均是針對某闋詞的某一兩字或一兩句給予特別關注和讚美，或
是對半闋、全闋給予評價，這種隨興式、憑個人主觀愛好的評點，
佔詞話的大多數。據陳文忠評斷，這類隨興式的評點係「印象式粗
讀」，其優點是言簡意賅，僅三言兩語卻見解精深、哲思無限；缺點
是細碎瑣屑、朦朧含混，對作品深層意蘊、藝術匠心、風格特色等，
只知其然而難知其所以然。〔註101〕由此可見，明人評點方式的缺失
在於他們常常僅說出自己偏愛某闋詞的某一兩句，卻因受感性主導，
注重當下的感覺，故喜愛的理由都一筆帶過、較爲模糊籠統，讓人無
從深入分析，只能就期待視野推測其審美觀之緣由，作爲進入闡釋史
層面的依據。從潘游龍讚賞〈一斛珠〉（晚妝初過）「描畫精細，絕似
一篇上好小題文字」；徐士俊讚賞「『雲一緺，玉一梭』緣飾先佳」以
及他細讀〈浪淘沙〉（簾外雨潺潺）全詞後，特別針對「流水落花歸
去也」指出「花歸而人不歸，寓感良深，若作『春去也』，便犯春意
句」〔註102〕，將「歸去也」和「春去也」兩種異文做過比較後，認

〔註99〕 句「緣飾先佳」，然「雲一緺。玉一梭」六字旁有其評點之圈選符號，
故知所指。
〔註99〕 明·潘游龍編：《精選古今詩餘醉》（臺北：國家圖書館藏，明崇禎
丁丑（10 年）海陽胡氏十竹齋刊本），頁 8。
〔註100〕 明·潘游龍編：《精選古今詩餘醉》（臺北：國家圖書館藏，明崇禎
丁丑（10 年）海陽胡氏十竹齋刊本），頁 27。
〔註101〕 陳文忠：《文學美學與接受史研究》，頁 327、343。
〔註102〕 《古今詞統》所錄乃「流水落花歸去也」，其中「歸去也」有異文
「春去也」。此句經徐士俊評比後，認爲「歸去也」更妥貼，也不
會和上片第二句「春意闌珊」犯重，可見徐士俊見多識廣，不但知
道有別的異文，他讀詞的態度更是細膩、深刻、詳盡，對全詞情境
有精確的掌握。這正是明人評點的精髓所在。

為「歸去也」優於「春去也」等情況觀之，均可見明人深入欣賞詞文本身內容、篇章架構與修辭藝術的敏銳程度。而明人重情，要求「情真意切」，並受市井趣味影響，認為「俚俗即真」的審美觀，在其評點中也能明確看出，像是潘游龍評〈菩薩蠻〉（花明月暗籠輕霧）結語「奴為出來難。教君恣意憐」兩句「極俚極真」，就和清代論詞者抱持著極為不同的態度，如沈雄《古今詞話·詞品》下卷云：

> 孫琮曰：「感郎不羞赧，回身向郎抱」，六朝樂府便有此等
> 豔情，莫訶詞人輕薄。按牛嶠詞：「須作一生拼，盡君今日
> 歡」。李後主詞「奴為出來難，教君恣意憐」。正見詞家本
> 色，但嫌意態之不文矣。〔註103〕

沈雄肯定此二句為「詞家本色」，卻「嫌意態之不文」，顯然和潘游龍所好之「極俚極真」，感受大不相同，不但可見審美觀之殊異，更凸顯明人不避俚俗，甚而「以俚為真為佳」的獨特觀感。以俚為真，即是崇尚「真情」、「淺近」的審美觀的反映，此現象乃受到士商結合及心學影響所致。從潘游龍此例，還可看出明人對「情」的喜好，是較偏向「私情」、「豔情」一類的。不過，即使明人評點如此主觀，仍忠實呈現出效果史的樣貌，如陳文忠所言：

> 從經典的接受史角度來看，詩話詞話中對名篇佳句的評點
> 解說，正是面對經典直書感悟的中國詩話的核心價值所
> 在，即使是一些「泛述聞見」的資料，也或多或少反映了
> 效果史，而不容輕視。〔註104〕

明人讀詞、評點詞篇的最大特色在於直書感悟，零散中又可見細膩、一語中的之處，就此觀之，正是中國詩話詞話的核心價值所在。

（二）揣度寫作情境

除了上述讚賞修辭技巧、藝術價值者之外，也有不少是以身歷其

〔註103〕 清·沈雄：《古今詞話》，見錄於唐圭璋編：《詞話叢編》，冊 1，頁
852。
〔註104〕 陳文忠：《文學美學與接受史研究》，頁 308、336～337。

境的同理心方式去體會詞境、抒發感觸，如：

1. 《古香岑草堂詩餘續集》卷上，沈際飛評〈浪淘沙〉（往事只堪哀）：

   此在汴京念秣陵事作，讀不忍竟。

又云：

   （壯氣蒿萊）四字慘。〔註105〕

2. 《古香岑草堂詩餘續集》卷下，沈際飛評〈虞美人〉（風回小院庭蕪綠）：

   此亦在汴京憶舊乎？

又云：

   （依舊竹聲新月似當年）華疏采會，哀音斷絕。〔註106〕

3. 《古香岑草堂詩餘正集》卷一，沈際飛評〈浪淘沙〉（簾外雨潺潺）：

   「夢覺」語妙，那知半生富貴，醒亦是夢耶？末句，可言不可言，傷哉！〔註107〕

4. 《古今詞統》卷六，徐士俊評〈阮郎歸〉（東風吹水日銜山）：

   後主歸宋後，詞常用「閒」字，總之閒不過耳，可憐。〔註108〕

5. 李攀龍《草堂詩餘雋》卷二評〈浪淘沙〉（簾外雨潺潺）：

   結句「春去也」，悲悼萬狀。〔註109〕

6. 李攀龍評〈採桑子〉（轆轤金井梧桐晚）：

〔註105〕 此二段文字均出自明・顧從敬選、沈際飛評：《古香岑草堂詩餘・續集》，頁31。「壯氣蒿萊」四字旁有評點之圈選符號，故知「四字慘」之所指。

〔註106〕 明・顧從敬選、沈際飛評：《古香岑草堂詩餘・續集》，頁8。「依舊竹聲新月似當年」九字旁有評點之圈選符號，故知「華疏采會，哀音斷絕」之所指。

〔註107〕 明・顧從敬選、沈際飛評：《古香岑草堂詩餘・正集》，頁37。

〔註108〕 明・卓人月、徐士俊輯：《古今詞統》（上海：上海古籍出版社《續修四庫全書》本，2002年3月），冊1728，頁569。

〔註109〕 此則見錄於史雙元編：《唐五代詞紀事會評》，頁680。

上「愁絕不絕渾如雨」，下「情思欲訴寄與鱗」。

又云：

觀其愁情欲寄處，自是一字一淚。〔註110〕

7. 李攀龍評〈玉樓春〉（晚妝初了明肌雪）：

上敘鳳輦出遊之樂，下敘鸞輿歸來之樂。〔註111〕

8. 李攀龍評〈阮郎歸〉（東風吹水日銜山）：

上寫其如醉如夢，下有黃昏獨坐之寂寞。〔註112〕

這些例子當中，有部分同於前述「評點詞句修辭」一類，是對某字詞或字句給予特別評點，然而差別在於此類的讀者是用同理心、同情心去體會李煜詞中的情狀，進而揣度李煜創作當下的情境或時間背景，並與之有某種程度的共鳴，悲同其悲，樂同其樂，好像親歷過其境一般，對李煜詞有著細膩而深入的玩味。感同身受的字面表現最為深刻者，當屬沈際飛評〈浪淘沙〉（往事只堪哀）：「此在汴京念秣陵事作，讀不忍竟。」他必定仔細品味過全詞情景，交換立場去想像李煜當時在汴京思念故國的悲戚心境，並特別點出「壯氣蒿萊」四字最淒慘，昔時九五之尊對比今日之階下囚處境，情何以堪！沈際飛於是發出「讀不忍竟」的嘆息。而徐士俊則看出李煜歸宋後常用「閒」字入詞，背後蘊藏多少淒楚和無奈，不禁覺得「可憐！」再有李攀龍評〈浪淘沙〉（簾外雨潺潺）：「結句『春去也』，悲悼萬狀」更是全然投入李煜看到春天落花流水歸去，天上人間處處瀰漫著濃厚的暮春的哀傷氛圍，象徵自己的家國和往昔的歡樂永不復還的情境，「落花流水」和「李煜本身」和「南唐國運」三者命運在此際緊密相扣又融為一體，故知此情此景之「悲悼萬狀」，這些感同身受的評點完全是明人「重情」的表現，他們為李煜詞中以賦體白描方式直言心事、自抒真情的內容所打動，很快融入詞中情境，受其感染後，又進

〔註110〕 此二段文字皆見錄於史雙元編：《唐五代詞紀事會評》，頁675。

〔註111〕 此則見錄於史雙元編：《唐五代詞紀事會評》，頁678。

〔註112〕 此則見錄於史雙元編：《唐五代詞紀事會評》，頁673。

一步設身處地揣摩李煜當下的創作背景，將心比心，因此特別能悲同
其悲。此外，能樂同其樂者亦有之，如李攀龍評〈玉樓春〉（晚妝初
了明肌雪）云：「上敘鳳輦出遊之樂，下敘鸞輿歸來之樂。」即就〈玉
樓春〉〔註 113〕上下片情景分別作設想，也試圖還原李煜當時出遊和
歸來的愜意，似乎李攀龍本身也隨著李煜遊歷了一番，這正是因為明
代文人坐擁園林、善於吟詠，又受到心學影響而自在展現「真情率性」
的一面、過著「藝術家」般浪漫享樂的生活，他們對於李煜詞中場景
再熟悉、喜好不過了，故極為欣賞李煜自然不造作的表述，也對當中
細節有著強烈共鳴與認同，才會那麼容易被觸發感動。感動之餘，隨
興之所至，針對全詞或某些字句寫下幾筆心得感想，以示當下的情緒
反應。

（三）對李煜詞所發之聯想或建議

此類乃明人評點常見之現象，亦為特色之一，他們擅於對詞作表
達主觀感性的意見，然而有時卻又主觀過頭，以致像是從李煜詞跳脫
出來，進而聯想到其他情事、字句，甚或想給李煜排憂解悶的建議，
這些例子正可見明代文人觀察力和感受力精細入微之處，如：

1. 《古今詞統》卷八，徐士俊評〈虞美人〉（風回小院庭蕪綠）：
此君「花明月暗」之外，復有「燭明香暗」。〔註 114〕
「燭明香暗」出自〈虞美人〉（風回小院庭蕪綠）的「燭明香暗畫堂
深」，徐士俊從此句聯想到李煜〈菩薩蠻〉首句「花明月暗籠輕霧」
的「花明月暗」，因為這兩句的第二字和第四字同是「明」和「暗」，
但情境很不一樣，一是渲染幽會場景朦朧隱晦的浪漫情調；一是加強
幽禁生活難言之隱的痛苦憂鬱，使得髮鬢斑白有如堆滿霜雪一般。徐

〔註 113〕 全詞為「晚妝初了明肌雪。春殿嬪娥魚貫列。笙簫吹斷水雲間，重
按霓裳歌遍徹。　　臨春誰更飄香屑。醉拍闌干情味切。歸時休照
燭花紅，待放馬蹄清夜月。」
〔註 114〕 明・卓人月、徐士俊輯：《古今詞統》（上海：上海古籍出版社《續
修四庫全書》本，2002 年 3 月），冊 1728，頁 620。

士俊應是想到這一層對比，但也可能只因用字雷同而引發聯想，最重要的是，徐士俊必定熟讀李煜詞，才能於評點之際馬上將這兩個有些雷同的句子聯想在一起。

　　2. 茅暎《詞的》卷一評〈菩薩蠻〉（花明月暗籠輕霧）：

　　竟不是作詞，恍如對語矣。如此等，《詞的》中亦不多得。

〔註 115〕

所謂「恍如對語」當是指「奴爲出來難。教君恣意憐」而言，李煜具體描述小周后和他幽會時所說的話，情景如在讀者目前，故茅暎不免多加關注，認爲這般生動鮮明的詞句稀有可貴。

　　3. 陳繼儒評〈蝶戀花〉（遙夜亭皋閒信步）：

　　何不寄愁天上，埋憂地下？〔註 116〕

這則很像是給予排憂解悶的建議，陳繼儒應是針對此詞結句「一片芳心千萬緒。人間沒個安排處」而發，認爲何不把愁寄放天上、將憂埋藏地下，如此或可暫解心中鬱結困境。讀者這般爲作者設想，還真有意思！

　　4. 李攀龍評〈阮郎歸〉（東風吹水日銜山）：

　　似天臺仙女，佇望歸期，神思爲阮郎飄蕩。〔註 117〕

「天臺仙女」的形象，應是李攀龍從此詞下片「珮聲悄，晚妝殘。憑誰整翠鬟。留連光景惜朱顏。黃昏獨倚闌。」聯想而來，女子倚欄獨立於暮色中，猶似天臺仙女「神思爲阮郎飄蕩」，這是連結了詞調名「阮郎歸」的典故，龍沐勛《唐宋詞格律》謂：「《神仙記》載劉晨、阮肇入天臺山采藥，遇二仙女，留住半年，思歸甚苦。既歸則鄉邑零落，經已十世。曲名本此，故作淒音。」〔註 118〕故阮郎即指阮肇，他和劉晨既歸鄉邑，則不復返天臺山。李攀龍據此想像仙女已然情根

〔註 115〕　明‧茅暎：《詞的》（北京：北京出版社《四庫未收書輯刊》本，2000
　　　　　　年 1 月），輯 8，冊 30，頁 483。
〔註 116〕　此則見錄於史雙元編：《唐五代詞紀事會評》，頁 662。
〔註 117〕　此則見錄於史雙元編：《唐五代詞紀事會評》，頁 673。
〔註 118〕　龍沐勛：《唐宋詞格律》（臺北：里仁書局，2006 年 7 月），頁 18。

深種，因而留連光景、倚闌佇望，神思爲之飄蕩，期盼阮郎終有歸來
之時。李攀龍的聯想可謂浪漫多情，甚符合明代文人的普遍性格，當
然這也是李煜詞所營造的情境本身優美動人，方使讀者有進一步綺麗
的聯想空間。李攀龍的聯想不一定就是李煜的原意，此誠所謂「作者
之用心未必然，而讀者之用心何必不然」〔註119〕是也。

　　5. 楊愼《詞品》卷一：

　　　李後主〈搗練子〉云：「深院靜，……」詞名〈搗練子〉，
　　　即詠搗練，乃唐詞本體也。〔註120〕

　　6.《古今詞統》卷四，徐士俊評〈浣溪沙〉（紅日已高三丈透）：

　　　仄韻僅見此首。〔註121〕

此二例是針對李煜詞的形式做聯想，明人治學態度雖然不嚴謹，卻
喜連貫其涉獵過的事物，楊愼即就詞調名稱和內容的關連性來判斷
〈搗練子〉一詞是延續了唐詞本體，想必楊愼是看到「斷續寒砧斷續
風」此句，而認爲內容和詞調名稱相符。徐士俊則就其所見〈浣溪
沙〉一調僅李煜此首押仄韻，挑出格律上特殊之處，可謂眼尖敏銳，
清代具備體目的的詞譜如《詞律》、《御定詞譜》亦皆選入李煜此首
〈浣溪沙〉，可見李煜標新立異用仄韻乃古今唯一，吸引了眾多讀者
的目光。

　　7. 茅暎《詞的》卷二評〈玉樓春〉（晚妝初了明肌雪）：

　　　風流帝子。〔註122〕

　　8. 茅暎《詞的》卷一評〈烏夜啼〉（無言獨上西樓）：

　　　絕無皇帝氣。可人，可人。〔註123〕

〔註119〕清・譚獻：《復堂詞話》，見錄於唐圭璋編：《詞話叢編》，第四冊，
　　　　頁3987。
〔註120〕明・楊愼：《詞品》，見錄於唐圭璋編：《詞話叢編》，冊1，頁433。
〔註121〕明・卓人月、徐士俊輯：《古今詞統》（上海：上海古籍出版社《續
　　　　修四庫全書》本，2002年3月），冊1728，頁528。
〔註122〕明・茅暎：《詞的》（北京：北京出版社《四庫未收書輯刊》本，2000
　　　　年1月），輯8，冊30，頁499。
〔註123〕明・茅暎：《詞的》（北京：北京出版社《四庫未收書輯刊》本，2000

9. 楊慎《批點草堂詩餘》卷二評〈玉樓春〉（晚妝初了明肌雪）：
何等富麗侈縱。觀此，那得不失江山？其〈浪淘沙‧懷舊〉
一詞（首句爲「簾外雨潺潺」），又極淒楚，宜其有此也。
〔註124〕

此三則可清楚看出明人對李煜所抱持的基本態度和宋人極爲不同，明人注重生活享樂，又崇尚眞情率性，所以對李煜毫不掩飾地將宮廷逸樂或是亡國痛楚如實呈現於詞中，是極爲認同的。宋人則以國家社稷爲己任，士大夫觀念根深柢固，加上政治立場和李煜對立，絕不可能如茅暎讚賞「絕無皇帝氣。可人，可人」，這樣肯定李煜文人的天賦，還以「風流帝子」美稱之，可見他是從李煜詞的情眞意切，總是抒寫最爲實際之生活狀況著眼，去感受其詞韻味的。楊慎讀〈玉樓春〉（晚妝初了明肌雪），認爲「侈縱已極，那得不失江山？」雖是帶有批判意味，不過，此處的批判和宋人固有的責難，還是不同的，因爲楊慎比較是從李煜「自己造孽，自己承擔」的因果去看待事實，而非認爲李煜不該這樣放蕩享受。

　　朱崇才《詞話學》有言：「總的來說，李煜詞不太符合宋人正宗的『婉約』標準，故宋人多從其政治及遭遇評論其人其詞。明人曾以『一詞手』評後主，說明其時對於後主已不再進行政治上的指責了。」〔註125〕說的很是。宋、明兩代各有期待視野，關注的焦點，顯然不同：宋人詞話中涉及李煜詞者，多半浮泛地圍繞在詞本事的來龍去脈與相關小道消息上面；明人對李煜詞本事之探究，則大爲減少，可見「主情」的明人，已將重心移至其詞本身之藝術感染力與內容修辭上了。其評點雖多爲三言兩語，然多切中要領，較之宋人基於政治立場，

年 1 月），輯 8，冊 30，頁 475。
〔註124〕明‧楊慎：《批點草堂詩餘》，見錄於王文才、萬光治等編注：《楊升庵叢書》（成都：天地出版社，2002 年 12 月），冊 6，頁 732。同樣評點此詞而和楊慎持相同觀點者，還有沈際飛：「侈縱已極，那得不失江山？〈浪淘沙〉詞即極淒楚，何足贖也。」（見明‧顧從敬選、沈際飛評：《古香岑草堂詩餘‧正集》，卷 1，頁 43。）
〔註125〕朱崇才：《詞話學》，頁 522。

而使視野受限，總是用長篇繪聲繪色去講述詞本事，以資閒談，或是指責其言行失當等，明人的評點眞是精簡踏實，回歸對詞言情本質的欣賞，接受程度提高不少。而由明人評點中，可知李煜詞很是符合他們「情眞意切」、「淺近俚俗」的審美標準。

（四）創作承傳

此類有部分也是評點，然而重在針對李煜詞當中的遣詞用字有承先啓後跡象者作評述。由此亦可見明人判斷能力之精確，能將李煜詞與前人、後人之作連結對照。

1. 李煜詞借鑑前人詩詞

（1）《古今詞統》卷五，徐士俊評〈清平樂〉（別來春半）：

（草，更行更遠還生）從杜詩「江草喚愁生」句來。〔註126〕

（2）楊愼《詞品》卷之二：

唐詞：「眼重眉褪不勝春。」李後主詞：「多少淚，斷臉復橫頤。」元樂府：「眼餘眉剩。」皆祖唐詞之語。〔註127〕

從宋代以來，就有不少人指出李煜「問君都有幾多愁，恰似一江春水向東流」是借鑑唐詩並加以融點而來。明人承此，也指出李煜詞借鑑前人詩詞之處。徐士俊所謂杜詩「江草喚愁生」，正確應爲「江草日日喚愁生，巫峽冷冷非世情。」〔註128〕乃杜甫〈愁〉詩首句；而楊愼所謂唐詞「眼重眉褪不勝春」〔註129〕，則爲唐五代無名氏〈後庭

〔註126〕 明・卓人月、徐士俊輯：《古今詞統》（上海：上海古籍出版社《續修四庫全書》本，2002 年 3 月），冊 1728，頁 562。徐士俊之評語在上方眉批處，字面上雖未指出何句乃從杜詩「江草喚愁生」句來，然下方所錄李煜詞「離恨卻如春草，更行更遠還生」此二句的後七字旁，有其評點之圈選符號，故知所指。

〔註127〕 明・楊愼：《詞品》，見錄於唐圭璋編：《詞話叢編》，冊 1，頁 447。

〔註128〕 全詩爲「江草日日喚愁生，巫峽冷冷非世情。盤渦鷺浴底心性，獨樹花發自分明。十年戎馬暗萬國，異域賓客老孤城。渭水秦山得見否，人經罷病虎縱橫。」見錄於清・清聖祖御定：《全唐詩》（北京：中華書局，1960 年 4 月），冊 7，卷 231，頁 2538。

〔註129〕 全詞爲「千里故鄉，十年華屋。亂魂飛過屏山簇。眼重眉褪不勝春，菱花知我銷香玉。雙雙燕子歸來，應解笑人幽獨。斷歌零舞，遺恨

宴〉當中之句。

2. 後人詞作借鑑李煜詞

(1)《古今詞統》卷八，徐士俊評〈虞美人〉（春花秋月何時
了）：

只一「又」字，宋元以來抄者無數，終不厭煩。〔註130〕

(2)《古香岑草堂詩餘續集》卷上，沈際飛評〈清平樂〉（別來
春半）：

（離恨恰如春草，更行更遠還生）是「恨如芳草，劃盡還
生」稿子。〔註131〕

(3)《古香岑草堂詩餘正集》卷一，沈際飛評〈採桑子〉（轆轤
金井梧桐晚）：

何關魚雁山水，而詞人一往寄情，然甚相關，秦、李諸人，
多用此訣。〔註132〕

徐士俊、沈際飛分別從「又」字的運用、意象的借鑑與託物起興寄情
等方面，指出李煜詞在創作技巧上啓發後人之處，眼光敏銳。「恨如
芳草，劃盡還生」，正確應爲「恨如芳草，萋萋劃盡還生」〔註133〕，

清江曲。萬樹綠低迷，一庭紅撲蔌。」見錄於曾昭岷等編著：《全
唐五代詞》（北京：中華書局，1999年12月），上冊，頁790。

〔註130〕明·卓人月、徐士俊輯：《古今詞統》（上海：上海古籍出版社《續
修四庫全書》本，2002年3月），冊1728，頁620。「小樓昨夜又東
風」七字旁有評點之圈選符號，可見徐士俊特別留意此句，更指出
「又」字的關鍵性。

〔註131〕明·顧從敬選、沈際飛評：《古香岑草堂詩餘·續集》，頁22。「離
恨恰如春草，更行更遠還生」二句旁有評點之圈選符號，故知其眉
批所指。

〔註132〕明·顧從敬選、沈際飛評：《古香岑草堂詩餘·正集》，頁15。

〔註133〕全詞爲「倚危亭。恨如芳草，萋萋劃盡還生。念柳外青驄別後，水
邊紅袂分時，愴然暗驚。 無端天與娉婷。夜月一簾幽夢，春風
十里柔情。怎奈向、歡娛漸隨流水，素絃聲斷，翠綃香減，那堪片
片飛花弄晚，濛濛殘雨籠晴。正銷凝。黃鸝又啼數聲。」見錄於唐
圭璋編：《全宋詞》（臺北：文光出版社，1983年1月），冊1，頁
456。

乃秦觀〈八六子〉當中名句。沈際飛認爲李煜〈清平樂〉（別來春半）的「離恨恰如春草，更行更遠還生」爲秦觀詞稿子，的確，兩者意象相似，皆取「草」作爲愁恨之象徵，又以「草之綿延還生」喻指「愁恨之連綿無盡」，承襲之痕跡顯著。

另外，秦觀、李清照二人詞作的風格與內容，受學界公認多有承繼李煜之處，現由沈際飛謂「秦、李諸人，多用此訣」，可知「多用此訣」即爲關鍵之創作手法。所謂「何關魚雁山水，而詞人一往寄情」應是針對〈採桑子〉（轆轤金井梧桐晚）下片的「欲寄鱗遊。九曲寒波不泝流」而發。此處「魚雁」和「山水」均爲偏義複詞，前者僅指「魚」，後者僅指「水」，分別代稱李煜詞中的「鱗遊」與「九曲寒波」。詞人心中有情，跟魚、水本來無關，一旦寄情於自然景物，竟使情、景變得「煞甚相關」了！這種移情作用應用在填詞上的技巧，爲秦觀、李清照所習得，猶如武功心法一般，受用無窮，如秦觀詞的「纖雲弄巧，飛星傳恨」〔註 134〕、李清照詞的「只恐雙溪舴艋舟。載不動、許多愁」〔註 135〕等，皆爲傳誦千古之名句，細究其手法，果然可見承襲自李煜的跡象。這也呼應了胡應麟論定李煜「樂府爲宋人一代開山祖」之語。

四、並列比較李煜和他人之言行或作品

（一）鄭瑗《蚓笑偶言》：

> 劉禪既爲安樂公，而侍宴喜笑，無蜀技之感，司馬昭哂其無情。李煜既爲違命侯，而詞章悽惋，有故國之思，馬令譏其大愚。噫！國破身辱之人，瞻望故都，思與不思，何往而不招誚，古人所以貴死社稷也。〔註 136〕

〔註 134〕 此句出自秦觀〈鵲橋仙〉（纖雲弄巧），見錄於唐圭璋編：《全宋詞》，冊 1，頁 459。

〔註 135〕 此句出自李清照〈武陵春〉（風住塵香花已盡），見錄於唐圭璋編：《全宋詞》，冊 2，頁 931。

〔註 136〕 明・鄭瑗：《蚓笑偶言》（北京：中華書局《叢書集成初編》本，1985年），頁 3。

（二）楊慎《詞品》卷之二：

　五代僭僞十國之主，蜀之王衍、孟昶，南唐之李璟、李煜，
　吳越之錢俶，皆能文，而小詞尤工。〔註137〕

（三）《古今詞統》卷四，徐士俊評〈採桑子〉（轆轤金井梧桐
　　　晚）：

　後主、易安直是詞中之妖，恨二李不相遇。〔註138〕

（四）《古香岑草堂詩餘正集》卷一，沈際飛評〈玉樓春〉（晚
　　　妝初了明肌雪）：

　此駕幸之詞，不同于宮人自敘。「莫教踏碎瓊瑤」、「待踏清
　夜月」，總是愛月，可謂生瑜生亮。〔註139〕

此類評論，或關注和李煜帝王身分相當者，或著眼於和李煜同爲詞壇
名家者，作一比較。鄭瑗道出劉禪、李煜作爲受降之君「國破身辱之
人，瞻望故都，思與不思無往而不招誚」的悲哀，得到「古人所以貴
死社稷也」之結論，可知其對劉、李二人缺乏與國家同存亡之決心，
頗有微詞。楊慎則將李煜歸入五代十國能文之君主行列，一併讚賞，
其態度已然異於宋代王灼《碧雞漫志》卷二所評：「唐末五代，文章
之陋極矣，獨樂章可喜。雖乏高韻，而一種奇巧，各自立格，不相沿
襲。在士大夫猶有可言，若昭宗『野煙生碧樹，陌上行人去』，豈非
作者？諸國僭主中，李重光、孟昶、霸主錢俶，習於富貴，以歌酒自
娛。而莊宗同父興代北，生長戎馬間，百戰之餘，亦造語有思致。」
〔註140〕王灼不僅對諸國僭主的文章抱持鄙視之意，連謂「獨樂章可
喜」的同時，還認爲「乏高韻」，只是「一種奇巧」罷了。楊慎卻認
爲五代十國之主「皆能文、小詞尤工」，不但毫無貶抑，更完全從正
面去肯定欣賞，此乃宋、明兩代期待視野不同所致。沈際飛認爲以李

〔註137〕明・楊慎：《詞品》，見錄於唐圭璋編：《詞話叢編》，冊1，頁449。
〔註138〕明・卓人月、徐士俊輯：《古今詞統》（上海：上海古籍出版社《續
　　　　修四庫全書》本，2002年3月），冊1728，頁543。
〔註139〕明・顧從敬選、沈際飛評：《古香岑草堂詩餘・正集》，頁43。
〔註140〕宋・王灼：《碧雞漫志》，見錄於鄧子勉編：《宋金元詞話全編》（南
　　　　京：鳳凰出版社，2008年12月），上冊，頁576。

煜和隋煬帝的才華，若僅爲文士，則均爲絕世人才，卻因身兼一國之
君的身分，而使其受到許多批評責難，歷來持相似觀點者眾多，也有
將李煜和宋徽宗、陳後主、蜀後主等人並論的，然筆者以爲，這些
觀點固然是以純藝術欣賞的眼光，爲惋惜慨嘆而發，卻未免忽略了
因果關係，若不作君王，則李煜等人如何有優渥的環境去發展他們
的天賦才華？李煜若非曾遭亡國之痛，又何來血淚交織的絕世好
詞？因此，這些君王若眞生爲一般文人，就不一定能名留千古了。其
中得失，見仁見智。徐士俊云：「後主、易安直是詞中之妖，恨二李
不相遇。」則和清代沈謙謂：「男中李後主，女中李易安，極是當行
本色。」〔註 141〕前後呼應，均將李煜、李清照並舉，分屬詞壇男、
女代表人物。或許沈謙是受徐士俊此言啓發，進而更明確指出二李
之地位與風格。最後，沈際飛先是道出〈玉樓春〉詞中所流露的帝王
排場氣派，非一般宮人之作所能相比。又由此詞末句「待踏馬蹄清夜
月」的「踏月情景」，聯想到蘇軾〈西江月〉詞的「可惜一溪明月，
莫教踏碎瓊瑤」〔註 142〕，同是寫月，李、蘇二人可謂詞中瑜亮，難
分高下。

　　另外，還有一點值得注意，李煜詞的詞文本身在宋代只是配角，
詞本事才是主角，到了明代，這種狀況已經平衡過來，詞文本身找回
主角的位置。將詞文從詞本事拆出來的現象，代表對明人而言，「詞
本事」和「詞文評點」雙方是獨立並重的區塊。而拿李煜詞和其他類
似之人、事作比較的態度也有差別，明人多是以讀了李煜詞的感受爲
主，去和他人、他作相比，而非像宋人是由一己平日閱讀的感悟出發，
再將相類似之詩詞羅列評點。

〔註 141〕 清・沈謙：《填詞雜說》，見錄於唐圭璋編：《詞話叢編》，冊 1，頁
　　　　631。
〔註 142〕 全詞爲「照野瀰瀰淺浪，橫空隱隱層霄。障泥未解玉驄驕。我欲醉
　　　　眠芳草。　　可惜一溪明月，莫教踏碎瓊瑤。解鞍敧枕綠楊橋。杜
　　　　宇一聲春曉。」見錄於唐圭璋編：《全宋詞》，冊 1，頁 284～285。

第三節　接受之具體呈現──詞選、詞譜

一、選錄情形

　　陶子珍《明代四種詞集叢編研究》謂明代選詞有兩大趨向，一是將若干詞人別集或詞選總集，彙集成大型叢編；二是自歷代詞作中擇其精華，輯爲各種詞集選本。〔註143〕本論文所要探討者，乃爲第二種趨向的詞集選本，所收李煜詞的狀況，並從編選者的選錄條件與選錄數量，推知明人是用何種審美觀點看待李煜詞，以及李煜詞受歡迎的程度如何。

　　筆者共得 16 種在時間斷限上涵蓋唐五代之明編詞選，而當中全部收錄有李煜詞。今將此 16 種詞選再細分爲兩類：

　　一是純粹之「詞選」，有《類選草堂詩餘》、《續選草堂詩餘》、《天機餘錦》、《詞林萬選》、《百琲明珠》、《花間集補》、《花草粹編》、《唐詞紀》、《古今詞統》、《詞的》、《詞菁》、《精選古今詩餘醉》，共 12 種。〔註144〕

〔註143〕陶子珍：《明代四種詞集叢編研究》（臺北：威秀資訊科技股份有限公司，2006 年 4 月），頁 166。

〔註144〕明·顧從敬輯：《類選箋釋草堂詩餘》，上海：上海古籍出版社，2002 年 3 月（《續修四庫全書》）。明·錢允治、陳仁錫箋釋：《類選箋釋續選草堂詩餘》，上海：上海古籍出版社，2002 年 3 月（《續修四庫全書》）。明·佚名：《天機餘錦》，民國 20 年（1931 年）國立中央研究院歷史語言研究所排印本。明·楊慎：《詞林萬選》，成都：天地出版社，2002 年 12 月（《楊升庵叢書》）。明·楊慎：《百琲明珠》，成都：天地出版社，2002 年 12 月（《楊升庵叢書》）。明·溫博：《花間集補》，瀋陽：遼寧教育出版社，1998 年 12 月。明·陳耀文：《花草粹編》，臺北：臺灣商務印書館，1983 年 6 月（《景印文淵閣四庫全書》）。明·董逢元：《唐詞紀》，臺南：莊嚴文化出版公司，1997 年 6 月（《四庫全書存目叢書》）。明·卓人月、徐士俊輯：《古今詞統》，上海：上海古籍出版社，2002 年 3 月（《續修四庫全書》）。明·茅暎：《詞的》，北京：北京出版社，2000 年 1 月（《四庫未收書輯刊》）。明·陸雲龍輯：《詞菁》（明刻本），現藏於中國國家圖書館。明·潘游龍輯：《精選古今詩餘醉》，臺北：國家圖書館藏，明崇禎丁丑（10 年）海陽胡氏十竹齋刊本。

二是兼具詞選審美功能，又可供填詞者參照格律之「詞譜」，有
《詞學筌蹄》、《詩餘圖譜》（含《詩餘圖譜・補遺》）、《詩餘》、《嘯餘
譜》，共 4 種。〔註 145〕

下文即進一步探討之。

二、分見各本概況

依前例，作一統計表（請參見附錄五「表 3-1　李煜詞見錄明代
選本統計表」），對照此表格，先作「縱向面」之分析：

（一）詞選

1.《類選草堂詩餘》與《續選草堂詩餘》

兩書均為分調本，是顧從敬《類編草堂詩餘》之衍生。前者為
《類選箋釋草堂詩餘》之簡稱，乃上海顧從敬類選，雲間陳繼儒重
校，吳郡陳仁錫參訂；後者為《類選箋釋續選草堂詩餘》之簡稱，乃
長洲錢允治箋釋，同邑陳仁錫校閱。〔註 146〕兩書均屬《草堂詩餘》
系列，選詞時間範圍皆從晚唐、五代至宋代，而以北宋為重心。如佔
《續選草堂詩餘》選詞數量前三名者為歐陽脩、蘇軾、秦觀，其他《草
堂詩餘》系列之詞選，入選前三名者，也幾乎都是北宋人。〔註 147〕
其編選標準有二，一是「淺近通俗、順應風氣」，二是「纖麗婉約、
柔聲曼情」。〔註 148〕檢視李煜詞入選狀況，於前者有 8 首，後者有 11
首。這個數量雖然難以和北宋大家入選 20 多首相比，也存在著詞作

〔註 145〕明・周瑛：《詞學筌蹄》，上海：上海古籍出版社，2002 年 3 月（《續
修四庫全書》）。明・張綖、謝天瑞：《詩餘圖譜》（含《詩餘圖譜・
補遺》），上海：上海古籍出版社，2002 年 3 月（《續修四庫全書》）。
明・徐師曾：《詩餘》，收入《文體明辯・附錄》，臺南：莊嚴文化出
版公司，1997 年 6 月（《四庫全書存目叢書》）。明・程明善：《嘯餘
譜》，上海：上海古籍出版社，2002 年 3 月（《續修四庫全書》）。
〔註 146〕陶子珍：《明代詞選研究》，頁 67～69。
〔註 147〕陶子珍將明代各詞選作一表格，入選詞數前三名者，均打勾標記。
陶子珍：《明代詞選研究》之【附錄二】表格，頁 526～531。
〔註 148〕陶子珍：《明代詞選研究》，頁 84～86。

數量多寡，影響選詞多寡的問題，卻已居晚唐五代之冠了；〔註149〕且較之南宋何士信增修《草堂詩餘》的入選4首，顯然有所提升。可見李煜詞在明人心目中的地位，是總結唐五代並開啓宋代者。正與胡應麟所言「後主一目重瞳子，樂府爲宋人一代開山祖。蓋溫、韋雖藻麗，而氣頗傷促，意不勝辭，至此君方是當行作家，清便婉轉，詞家王、孟。」〔註150〕又言「煜世並宋元濫觴也」〔註151〕，論點足相呼應。

2.《詞林萬選》與《百琲明珠》

兩書之編選者楊慎，字用修，別號升庵，乃明代著名之大學者，也是位優秀的文學家，著作豐富，舉凡詩、文、詞、曲、雜劇、方志等，都廣爲流傳。其編選《詞林萬選》與《百琲明珠》之用意有二：一是補《草堂詩餘》之不足，並正其缺失；二是反對文壇復古模擬之風氣。而據任良幹〈詞林萬選序〉：「升庵太史公家藏有唐宋五百家詞，頗爲全備。暇日取其尤綺練者四卷，名曰《詞林萬選》，皆《草堂詩餘》之未收者也。」〔註152〕與杜祝進〈刻楊升庵百琲明珠引〉：「若乃規明珠之在握，遊象罔以中繩，則博人通明，換名定格，君子審樂，從易識難，未必非升庵是集之雅言矣。」〔註153〕可知其選詞爲依循一定之準則，擇取雅麗精當之作，由淺入深，使人妙識其音，故所選之詞，當屬詞人集中數一數二之傑作。於音節方面，要求婉麗；於詞句方面，力求簡明；於意境方面，追求高遠。總之，必以綺

〔註149〕 陶子珍將詞人於《草堂詩餘》系列詞選中，入選5闋以上者，作出統計表格。陶子珍：《明代詞選研究》，頁88、91。

〔註150〕 明・胡應麟：《詩藪・雜編》（上海：上海古籍出版社《續修四庫全書》本，2002年3月），冊1696，頁212～213。

〔註151〕 明・胡應麟：《少室山房筆叢》（北京：中華書局，1958年10月），頁553。

〔註152〕 明・任良幹：〈詞林萬選序〉，見錄於施蟄存主編：《詞籍序跋萃編》，卷8，頁707。

〔註153〕 明・杜祝進：〈刻楊升庵百琲明珠引〉，見錄於王文才、萬光治等編注：《楊升庵叢書》，冊6，頁1156。

練爲佳。〔註 154〕《詞林萬選》與《百琲明珠》所編時間範圍皆甚大，前者從晚唐五代、宋、元、金至明；後者更廣，從南北朝、隋而直至明。〔註 155〕可見楊慎已然跳脫《草堂詩餘》系列之框架，拉長選取時間之外，更不再獨厚北宋。檢視李煜詞入選狀況，於《詞林萬選》有 2 首，於《百琲明珠》有 3 首，較之《詞林萬選》中，兩宋柳永 14 首、蘇軾 12 首、黃庭堅 10 首、蔣捷 10 首，與《百琲明珠》中，明代貝瓊 13 首，實在不受青睞。然而在《詞林萬選》中，唐五代入選最多之顧夐，也才 6 首，第二之韋莊 5 首；《百琲明珠》中，唐五代則以李煜和張泌各入選 3 首，並列冠軍，而於全書中排名第四。〔註 156〕故以楊慎編選之雄心與主要「欲補草堂所未收」觀之，李煜詞能有此成績，可算差強人意了。另外，《四庫全書總目·詞林萬選提要》云：「其所選錄，欲搜求隱僻，亦不免雅俗兼陳。」據此來看，李煜詞入選之〈菩薩蠻〉（銅簧韻脆鏘寒竹），可知所言不假，〔註 157〕這也當是明人審美觀往往雅俗相混之故。

3. 《天機餘錦》

編者程敏政，〔註 158〕字克勤，號篁墩。《天機餘錦》是一部大型詞選，收詞 197 家，共 1255 首，〔註 159〕人均詞數 6.37 首。編選時間由晚唐、五代、宋、金、元至明。所選詞人作品，有少至一兩闋者，

〔註 154〕陶子珍：《明代詞選研究》，頁 119～134。

〔註 155〕明代各詞選之選詞時間範圍，參陶子珍：《明代詞選研究》之【附錄一】表格，頁 523～525。

〔註 156〕陶子珍將詞人於《詞林萬選》中，入選 5 闋以上者，以及《百琲明珠》中，入選 3 闋以上者，作出統計表格。陶子珍：《明代詞選研究》，頁 135～136。

〔註 157〕李煜此詞中有「眼色暗相鈎。秋波橫欲流」、「雨雲深繡户。未便諧衷素」等句，且平心而論，此詞也絕非李煜全部詞作中尤爲綺練者。

〔註 158〕現今學界或認爲此書乃書商假託程敏政之名，以利刊行。然而此非本文重點，故僅備一說。參陶子珍：《明代詞選研究》，頁 147～149。

〔註 159〕陶子珍：《明代詞選研究》，頁 156。

也有多至上百闋者，落差極大。其編選原則，在於「去諧謔，取雅正」
〔註160〕，而選詞重心放在南宋，所收詞作，以張炎 129 闋居冠，可
見其有意標榜如張炎一類之雅詞，倡雅正之音。〔註161〕據此標準，
檢視李煜詞入選 6 首，可知其詞風格，非該書所偏好。然而若就該書
所收唐五代詞僅 28 闋，〔註162〕則李煜詞佔唐五代比重甚高，達 21%，
又以人均詞數 6.37 首觀之，則其詞數量也接近平均值了，故李煜詞
在該書編者心目中，應有詞史上之重要地位。

4.《花間集補》

編者溫博，字允文。其《花間集補・序》有言：

> 予初讀詩至小詞，嘗廢卷嘆曰：「嗟哉！靡靡乎！豈風會之
> 始然耶？即師涓所弗道者。」已而，睹范希文〈蘇幕遮〉、
> 司馬君實〈西江月〉、朱晦翁〈水調歌頭〉等篇，始知大儒
> 故所不廢，何者？眾女蛾眉，芳蘭杜若，騷人之意，各有
> 所託也。然古今詞選，無慮數家，而《花間》、《草堂》二
> 集最著者也。《花間》近無善本，會茅貞叔氏語余曰：「昔
> 人稱長短句情眞而調逸，思深而言婉者，莫過《花間》。……」
> 貞叔又屬予補其未備，以足李唐一代之制。余故未知趙氏
> 當時詮次意，乃於此往往嘆遺珠舊矣。因自李翰林而下，
> 十有四人，通得六七十首，爲二卷，命曰《花間集補》。……
> 嘻！聲律之道，難言哉！難言哉！自唐迄今，八百年來，
> 作者凡幾。宋無詩而有詞，元無詞而有曲，至本朝始兼
> 之。……〔註163〕

是知其編選意在補《花間集》之未備，故所收均爲晚唐五代之詞作。
全書收錄詞人 14 家，共 71 首，〔註164〕人均詞數 5.07 首。編選標準

〔註160〕陶子珍：《明代詞選研究》，頁 156。
〔註161〕陶子珍：《明代詞選研究》，頁 157～158。
〔註162〕陶子珍：《明代詞選研究》，頁 152。
〔註163〕明・溫博輯，陳紅彥校點：《花間集補》（瀋陽：遼寧教育出版社，
　　　　1998 年 12 月），頁 91。
〔註164〕陶子珍：《明代詞選研究》，頁 182、186。

以「情真而調逸，思深而言婉」、「抒發個人之心境感受」〔註165〕者
為佳，故李煜詞入選 15 首，佔全書五分之一強，更遠高過平均值的
5 首。可見李煜詞之情真意切、直抒心聲之風格，特受溫博青睞。這
也是溫博以南唐詞風「足李唐一代之制」的實現。〔註166〕

5.《花草粹編》

編者陳耀文，字晦伯，號筆山，長於考證之學，治學嚴謹，著述
甚富。《花草粹編》為明代大型詞選，收詞數達三千多首，居明代詞
選之冠。編選時間範圍亦廣，從晚唐、五代至宋、金、元、明。陳耀
文《花草粹編·自序》：

> 夫填詞者，古樂府流也。自昔選次者，眾矣。唐則有《花
> 間集》，宋則有《草堂詩餘》。詩盛於唐而衰於晚葉，至夫
> 詞調，獨妙絕無倫。然宋之《草堂詩餘》盛行，而《花間》
> 不顯，故知宣情易感，含思難諧者矣。……因復以諸人之
> 本集，各家之選本，記錄之所負載，翰墨之所遺留，上溯
> 開天，下迄宋末，曲調不載於舊刻者，元詞間亦與焉。其
> 義例以世次為後先，以短長為小大，為卷一十有二，計詞
> 三千二百八十餘首。麗則兼收，不無有乖於大雅，文房取
> 玩，略窺前輩之典刑。……是刻也，由《花間》、《草堂》
> 而起，故以「花草」命編。〔註167〕

是知此書之編選，係因「宋之《草堂詩餘》盛行，而《花間》不顯，
故知宣情易感，含思難諧者矣。」而為彰顯花間，故收錄不少晚唐五
代之詞。選詞原則乃「麗則兼收，不無有乖於大雅」。另據陶子珍歸
納其選詞標準有四：「以通俗名作入選」、「以備調入選」、「以備人入
選」、「以蒐佚入選」，〔註168〕且其選詞重心放在唐五代及北宋，進而
呈現兩種價值取向：對唐五代、北宋詞，以詞之佳為選錄標準；對南

〔註165〕陶子珍：《明代詞選研究》，頁 187～188。
〔註166〕陶子珍：《明代詞選研究》，頁 186。
〔註167〕明·陳耀文：《花草粹編·自序》，見錄於張璋等編纂：《歷代詞話》，
上冊，頁 364。
〔註168〕陶子珍：《明代詞選研究》，頁 212～215。

宋詞，卻以備題入選性質居多。〔註169〕檢視李煜詞大量入選 39 首，
且馮延巳、溫庭筠之作也大量入選，各有 82 首、51 首，即可知陳耀
文對唐五代詞之偏好。

6.《唐詞紀》

　　編者董逢元，字善長，號芝田生。該書選詞時間範圍上起隋代，
歷唐、五代至南宋與元代。時間跨度雖長，卻如《四庫全書總目・唐
詞紀提要》所言：「以唐詞爲名，而五季十國之作，居十之七。蓋時
代既近，末派相沿，往往皆唐之舊人，不能截分畛域。」〔註170〕以
晚唐五代之作爲選詞重心，其他朝代之作極少。〔註171〕據董逢元《唐
詞紀・序》：

> 夫詞，若宋富矣，而唐實振之，則其間藻之青黃，描之婉
> 媚，吐之啁哳激烈，輒能令人熱中。皆其糾纏哉！試繹之，
> 即隻字單詞，殊徵世代。是集也，予蓋慮引商刻羽之妙，
> 與〈陽阿〉、〈薤露〉之音，渺乎無分。故特采初葩，廣擄
> 豜蔓，以志緣起。〔註172〕

是知其所愛好，端以「藻之青黃，描之婉媚，吐之啁哳激烈」爲準，
故「特采初葩，廣擄豜蔓」。審其選詞標準，當是從編選緣由而來的，
要音節流暢，婉媚動人。據陶子珍統計，該書選詞 20 首以上者，五
代就佔了 11 家，共 473 首，而全書共收詞 922 首，可見只此 11 家，
已過半數，又以馮延巳 98 首、溫庭筠 66 首，居前二名。〔註173〕在
特重五代，並以「清切婉麗爲宗」〔註174〕的情況下，李煜詞入選 39
首，並不令人意外。

〔註169〕陶子珍：《明代詞選研究》，頁 218〜219。
〔註170〕清・永瑢、紀昀等撰：《四庫全書總目提要》（臺北：臺灣商務印書
　　　　館，1983 年 10 月），卷 200，頁 339。
〔註171〕陶子珍：《明代詞選研究》，頁 281。
〔註172〕《四庫全書存目叢書》本之《唐詞紀》無此序，見余意：《明代詞
　　　　學之建構》附錄一「明人詞學序跋、詞話匯輯」引，頁 216。
〔註173〕陶子珍：《明代詞選研究》，頁 285。
〔註174〕陶子珍：《明代詞選研究》，頁 286〜287。

7.《古今詞統》

明代大型詞選之一，編選時間跨度長，從隋、唐、五代、宋、金元、至明，共選 486 家、詞 2037 首〔註175〕，人均詞數 4.19 首。該書乃杭州卓人月珂月彙選，徐士俊野君參評。卷首有孟稱舜《古今詞統‧序》：

> 詩變而爲詞，詞變而爲曲，詞者，詩之餘而曲之祖也。樂府以儆徑揚厲爲工，詩餘以宛麗流暢爲美，故作詞者率取柔音曼聲，如張三影、柳三變之屬。而蘇子瞻、辛稼軒之清俊雄放，皆以爲豪而不入格。宋伶人所評〈雨淋鈴〉、〈酹江月〉之優劣，遂爲後世填詞者定律矣。予竊以爲不然。蓋詞與詩、曲，體格雖異，而同本於作者之情。古來才人豪客，淑姝名媛，悲者喜者，怨者慕者，懷者想者，寄興不一。……作者極情盡態，而聽者動心聳耳，如是者皆爲當行，皆爲本色，寧必妹妹媛媛，學兒女子語，而後爲詞哉？故幽思曲想，張、柳之詞工矣，然其失則俗而膩也，古者妖童冶婦之所遺也；傷時弔古，蘇、辛之詞工矣，然其失則莽而俚也，古者征夫放士之所託也。兩家各有其美，亦各有其病，然達其情而不以詞掩，則皆填詞者之所宗，不可以優劣言也。予友卓珂月，生平持說，多與予合。己巳秋，過會稽，手一編示余，題曰《古今詞統》。予取而讀之，則自隋、唐、宋、元，以迄於我明，妙詞無不必具。其意大概謂詞無定格，要以摹寫情態，令人一展卷而魂動魄化者爲上。他雖素膾炙人口者，弗錄也。〔註176〕

由「予友卓珂月，生平持說，多與予合。」可知孟稱舜爲卓人月好友，故從此序可看出該書編選意圖爲婉約、豪放各有所長，不宜偏廢，所謂「兩家各有其美，亦各有其病，然達其情而不以詞掩，則皆填詞者之所宗，不可以優劣言也。」而從「詞無定格，要以摹寫情

〔註175〕陶子珍：《明代詞選研究》，頁 346、525。

〔註176〕明‧孟稱舜：《古今詞統‧序》，見錄於張璋等編纂：《歷代詞話》，上冊，頁 365。

態，令人一展卷而魂動魄化者爲上。他雖素膾炙人口者，弗錄也。」
則可看出「摹寫情態，令人一展卷而魂動魄化者」乃該書選詞之標
準。然而該書選詞重心落在南宋，據陶子珍統計，南宋入選者就有
162 人，而隋、唐、五代至北宋，加起來也才 104 人，且選詞在 20
首以上者，南宋 9 家，共 437 首，也遠高過隋、唐、五代與北宋之 8
家，共 271 首。又全書以南宋辛棄疾入選 140 居冠，遠勝於第二名
明代楊愼的 57 首。〔註177〕可見該書欲藉辛棄疾的豪放詞風來扭轉
詞壇普遍受花、草之風影響，而失之靡弱俗豔的情況。檢視李煜詞
入選 18 首，於唐五代中，雖低於居第一與第二之孫光憲 24 首與溫
庭筠 23 首，卻仍高出平均值 4.19 首甚多，可知其詞還是受到編者重
視的。

8.《詞的》

編者茅暎，字遠士。時間跨度由晚唐至明代，而缺金代之作。
共選 145 家、詞 392 首，〔註178〕人均詞數 2.7 首。據茅暎《詞的・凡
例》：

> 幽俊香豔爲詞家當行，而莊重典麗者次之。故古今名公悉
> 多鉅作，不敢攔入。匪曰偏徇，意存正調。〔註179〕

是知其選詞標準首重「幽俊香豔」，次則「莊重典麗」，並以之爲「正
調」。另據陶子珍統計，其選詞重心亦偏於「精豔綺靡之晚唐五代風
格，與婉約秀麗之北宋格調」〔註180〕，這樣的選詞標準，和明代審
美觀傾向六朝與花間，有很大的關係，或者說，《詞的》就是此種審
美風尚極爲典型的呈現。兼之明人自己的生活也是偏好享樂的，故
茅暎評李煜〈玉樓春〉（晚妝初了明肌雪）曰：「風流帝子。」語帶欣
賞，毫無責怪之意。檢視李煜詞入選 10 首，遠高出平均值 2.7 首，

〔註177〕陶子珍：《明代詞選研究》，頁 346、357。
〔註178〕陶子珍：《明代詞選研究》，頁 318～320。
〔註179〕明・茅暎：《詞的》（北京：北京出版社《四庫未收書輯刊》本，2000
　　　　年 1 月），輯 8，冊 30，頁 470。
〔註180〕陶子珍：《明代詞選研究》，頁 325。

且在唐五代當中，也爲數一數二者，〔註181〕可知其詞風受到編者喜愛。

9.《詞菁》

編者陸雲龍，字雨侯，號孤憤生。該書選詞範圍有晚唐、五代、宋、金、元、明，時間跨度長，計錄 129 家、詞 270 首，〔註182〕人均詞數 2.09 首。其選詞標準有二：一是「擬古鑄今，融合諸長」，二是「情眞意摯，求厚尙趣」，〔註183〕北宋、南宋與明代之詞，於該書所佔之比例，可謂平分秋色，而各以周邦彥、辛棄疾、劉基居入選詞數之冠，可見其不偏廢婉約、豪放，又重眞情實感之意旨。該書所收晚唐五代詞僅 11 首，而李煜詞入選 6 首，佔了一半，且高於平均值 2.09 首不少，可見其詞於編者心中，實居唐五代集大成之地位。

10.《精選古今詩餘醉》

編者潘游龍，字鱗長。該書乃明代大型詞選之一，選詞範圍極廣，從隋、唐、五代、宋、遼、金、元至明，共選 325 家、詞 1395 首，〔註184〕人均詞數 4.29 首。據潘游龍《精選古今詩餘醉・自序》：

> 今夫人之情一發而無餘者，非其情之至焉者也。……余于詩則醉心于絕句、于歌行，而于詞則醉心于小令，謂其備極情文，而饒餘致也。蓋唐以詩貢舉，故人各挾其所長以邀通顯，性情眞境，半掩于名利鉤途。詞則自極其意之所之，凡道學之所會通，方外之所靜悟，閨帷之所體察，理爲眞理，情爲至情。語不必蕪而單言隻句，餘于清遠者有焉，餘于摯刻者有焉，餘于莊麗者有焉，餘于悽惋悲壯、沈痛慷慨者有焉。令人撫一調、讀一章，忠孝之思、離合之況、山川草木鬱勃難狀之境，莫不躍躍于言後言先，則詩餘之興起人，豈在三百篇之下乎？獨惜向有選較者，每

〔註181〕陶子珍：《明代詞選研究》，頁 324。
〔註182〕陶子珍：《明代詞選研究》，頁 375～376。
〔註183〕陶子珍：《明代詞選研究》，頁 380～382。
〔註184〕陶子珍：《明代詞選研究》，頁 394～395、397～398。

以雜體硬牽附于時序，殊失作者之旨。余乃爲比事類情，
尋爲次第，藏之素麓，自以爲枕中秘未過也。……蓋詞與
曲異，曲須按腔挨調而後成闋，有意鋪張，此新聲之所以
無餘味也。空中之音、水中之月、象中之色、鏡中之境，
可摹而不可即者，其詩餘也。蓋無俟較高平，分南北，按
篇目，而余之醉心于古今詞者久矣，遂記其言之餘而爲
引。〔註185〕

是知潘游龍「於詞則醉心於小令，謂其備極情文，而饒餘致也。」乃
明人「風華情致」之審美觀。他認爲「詞則自極其意之所之，凡道學
之所會通，方外之靜悟，閨帷之所體察，理爲眞理，情爲至情。」正
是主情觀的寫照。而「令人撫一調、讀一章，忠孝之思、離合之況、
山川草木鬱勃難狀之境，莫不躍躍於言後言先，則詩餘之興起人，豈
在三百篇之下乎？」則可見其選詞標準，乃從《詩經》而來，認爲好
詞應是「忠孝之思、離合之況、山川草木鬱勃難狀之境，莫不躍躍於
言後言先」，能夠興起人者。李煜詞入選 20 首，居隋唐五代之冠，故
其詞述「離合之況、山川草木鬱勃難狀之境」的眞情至性，實深令編
者體會並喜愛。

（二）詞譜

前面提過，明代詞譜的出現，旨在彌補詞樂散佚所導致時人塡詞
無所適從之狀況，故詞譜最重要的功能，即將塡詞格律化，供時人參
照遵守。其選錄時間範圍均廣，涵蓋唐五代至元代。對於某一詞調，
經詞譜所選擇作爲範本者，蓋有兩種情況：一是此詞調的最早創制
者，二是最膾炙人口者。而某一詞調之某一別體，經詞譜所選者，則
大都是兼含上述兩種情況者，方令編者取爲備體之用。詞譜除了上述
主要之功能，實則兼具引領時代審美風氣之作用，因爲詞人按譜塡詞
之際，對編者列以爲範本之詞作，必定多所觀摩，耳濡目染，進而受

〔註185〕 明・潘游龍編：《精選古今詩餘醉・自序》（臺北：國家圖書館藏，
　　　　　明崇禎丁丑（10 年）海陽胡氏十竹齋刊本）。

其深刻影響，故詞譜這個潛藏的作用，絕不容忽視。以下即檢視李煜詞入選明代詞譜之情形：

1.《詞學筌蹄》

編者周瑛，字梁石，號蒙中子，白賁道人，晚號翠渠。其《詞學筌蹄・自序》云：

> 詞家者流，出於古樂府。樂府語質而意遠。詞至宋，纖麗極矣。今考之詞，蓋皆桑間、濮上之音也。吁！可以觀世矣。《草堂》舊所編，以事爲主，諸調散入事下；此編以調爲主，諸事併入調下，且逐調爲之譜。圜者平聲，方者側聲，使學者按譜填詞，自道其意中事，則此其「筌蹄」也。
>
> 凡爲調一百七十七，爲詞三百五十三，釐爲八卷。〔註186〕

由周瑛所說「詞至宋，纖麗極矣。今考之詞，蓋皆桑間、濮上之音也。」可知其選詞條件爲「纖絕」、好比「桑間、濮上之音」者。《詞學筌蹄》作爲現存最早之詞譜，共收 177 調、詞 353 首，李煜詞入選 3 首，分別爲〈虞美人〉（春花秋月何時了）、〈浪淘沙〉（簾外雨潺潺）和〈玉樓春〉（晚妝初了明肌雪），均爲膾炙人口之作。

2.《詩餘圖譜》、《詩餘圖譜・補遺》

前書編者張綖，字世文（一作世昌），自號南湖居士。後書編者謝天瑞（一作天祐），字起龍，號思山。謝天瑞補遺之體例，均依張綖原書，故筆者雖因作者不同而分列欄目，計數時仍合併視作一個單位。據王象晉《重刻詩餘圖譜・序》：「填詞非詩也，然不可謂無當於詩也。……《詩》亡而後有樂府，樂府亡後有詩餘。詩餘者，樂府之派別而後世歌曲之開先也。……詩餘一脈，肇自趙宋，列爲規格，填以藻詞，一時文人才士交相矜尚，……然可謂唐詩之餘，非周詩之餘也。……南湖張子創爲《詩餘圖譜》三卷，圖列於前，詞綴於後，韻腳句法犁然井然，一批閱而調可守，韻可循，字推句敲，無事望洋，

〔註186〕 明・周瑛：《詞學筌蹄》（上海：上海古籍出版社《續修四庫全書》本，2002 年 3 月），冊 1735，頁 392。

誠修詞家南車已。」〔註187〕以及謝天瑞《新鐫補遺詩餘圖譜‧序》：
「詩有法，詞有譜，尤金之有範，物之有則也。……予素潛心樂府，
粗知音律，雖不能繼往聖之萬一，而將引初學之入門，僅按調而填詞，
隨詞而諧韻，其四聲五音之當辨者，句分而字注之一一詳載。凡有一
詞，即注一譜，毫無遺漏，以爲初學之標的，同吾志者熟玩而深味
之。……」〔註188〕可知張綖此譜爲「修詞家南車」，「凡有一詞，即
注一譜，毫無遺漏，以爲初學之標的，同吾志者熟玩而深味之。」則
見詞譜備體、供填詞者參照與玩味之作用。該書分三卷，是明代的詞
選和詞譜當中最先以小令、中調、長調三分法訂譜的，共收 150 調、
詞 219 首。選錄標準依張綖《詩餘圖譜‧凡例》：「所錄爲式者，必是
婉約，庶得詞體。」〔註189〕所收李煜詞 8 首，均爲膾炙人口之作，
而值得注意的是，其中〈浣溪沙〉（紅日已高三丈透）押仄聲韻，不
同於一般〈浣溪沙〉押平聲韻。

3.《詩餘》

　　編者徐師曾，字伯魯，號魯庵。該書實截取自其《文體明辯‧附
錄》卷之三到卷之十一的《詩餘》。據徐師曾所述：

> 然詩餘謂之填詞，則調有定格，字有定數，韻有定聲，至
> 於句之長短，雖可損益，然亦不當率意而爲之。譬諸醫家
> 加減古方，不過因其方而稍更之，一或太過，則本方之意
> 失矣。此太和正音及今圖譜之所爲作也。然正音定擬四聲，
> 失之拘泥；圖譜別黑白，又易謬誤，故今采諸調，直以平
> 仄作譜，列之於前，而錄詞其後。若句有短長，復以各體
> 別之。……所錄僅三百二十餘調，似爲未盡，然以備考則
> 庶幾矣。至論其詞，則有婉約者、有豪放者。……蓋雖各

〔註187〕　明‧王象晉：《重刻詩餘圖譜‧序》，見錄於施蟄存主編：《詞籍序
　　　　　跋萃編》，頁 894～895。
〔註188〕　明‧謝天瑞：《新鐫補遺詩餘圖譜》（上海：上海古籍出版社《續修
　　　　　四庫全書》本，2002 年 3 月），冊 1735，頁 469～470。
〔註189〕　明‧張綖：《詩餘圖譜》（上海：上海古籍出版社《續修四庫全書》
　　　　　本，2002 年 3 月），冊 1735，頁 473。

因其質，而詞貴感人，要當以婉約爲正，否則雖極精工，

終乖本色，非有識之所取也。學者詳之。〔註190〕

是知徐師曾除了對填詞格律抱持嚴謹的態度，在列出填詞範本時，更極度重視詞作風格，特別標誌以「婉約」爲選詞標準，所謂「詞貴感人，要當以婉約爲正，否則雖極精工，終乖本色，非有識之所取也。」和張綖之說如出一轍。該書收 320 餘調，李煜詞入選 6 首，皆爲婉約之作。

4. 《嘯餘譜》

編者程明善，字若水，號玉川。該書以「嘯餘」爲名之因，據《四庫全書總目·嘯餘譜提要》：

其書總裁詞曲之式，以歌之源出於嘯，故名曰「嘯餘」。……

考古詩皆可以入樂，唐代教坊伶人所歌，即當時文士之詞。

五代以後，詩流爲詞；金元以後，詞又流爲曲。故曲者，

詞之變；詞者，詩之餘。源流雖遠，本末相生。〔註191〕

是知編者認爲「詞者，詩之餘。源流雖遠，本末相生。」故將自古以來入樂可歌、和音韻有關者，皆合爲一集。該書卷二到卷四爲《詩餘譜》，共收 305 調、詞 579 首，所收李煜詞 7 首，大抵同於前三部詞譜，皆膾炙人口之作。然而清代馮金伯《詞苑萃編》批評曰：

李後主「多少恨」及「多少淚」，本是二首，《嘯餘》合之

爲一，大謬。此調作者甚多，何乃取李詞二首牽合，以作

五十四字格，致後人疑前後可用兩韻耶？〔註192〕

《御定詞譜》於〈憶江南〉調下也註曰：

此皆唐詞單調，至宋詞始爲雙調。〔註193〕

〔註190〕 明·徐師曾：《文體明辯·附錄》（臺南：莊嚴文化出版公司《四庫全書存目叢書》本，1997 年 6 月），集部，冊 312，頁 545。

〔註191〕 清·永瑢、紀昀等：《四庫全書總目·嘯餘譜提要》，見錄於施蟄存主編：《詞籍序跋萃編》，卷 10，頁 894。

〔註192〕 清·馮金伯：《詞苑萃編》，見錄於唐圭璋編：《詞話叢編》，冊 3，頁 2177。

〔註193〕 清·王奕清等奉敕輯：《御定詞譜》（臺北：世界書局《景印摛藻堂

筆者以為，程明善當是因李煜〈望江南〉二首流傳甚廣，故而取此人們耳熟能詳之作為填詞範例，且非獨《嘯餘譜》，《詩餘圖譜》、《詩餘》以及另外四部詞選皆有錄，殆因李煜此二詞的淒婉情調太過相似，應同為入宋後所作，加上明人普遍治學不嚴謹，而將它視為雙調之始，也未可知。卻不免遺誤世人、遭清人指責。其實應從《尊前集》作單調兩首才是。

綜上所述，李煜詞符合多數明人的期待視野，且在明人心目中，有重要之詞史地位。接著分析統計表格「橫向面」所顯示的訊息：

（一）李煜詞於明代入選前三名為：〈浪淘沙〉（簾外雨潺潺）和〈虞美人〉（春花秋月何時了）並列第一；〈搗練子令〉（深院靜）、〈採桑子〉（轆轤金井梧桐晚）和〈玉樓春〉（晚妝初了明肌雪）並列第二；〈搗練子〉（雲鬢亂）、〈菩薩蠻〉（銅簧韻脆鏘寒竹）和〈一斛珠〉（曉妝初過）並列第三。可見雖然〈浪淘沙〉（簾外雨潺潺）和〈虞美人〉（春花秋月何時了）這兩首相傳為李煜絕命詞的詞本事，於明代詞話中不再被熱烈探討，卻已流傳廣泛，深入人心，其藝術價值與風格自然也備受肯定，而並列第一。其他並列第二和第三名之詞作，也都婉約綺麗、流暢動人，是李煜生活與生命的真實寫照，故而受到多方青睞。

（二）不管入選次數多寡，李煜詞 38 首皆見錄於明代詞選，可見其詞整體風格受到時人普遍喜愛。

（三）較之宋代，明代誤收李煜詞之數量多很多，共 16 首。這固然與明人治學態度不嚴謹大有關係，卻頗為值得深究。明人將這些詞歸給李煜之緣由何在？筆者以為，其一是延續宋代以來分不清南唐二主詞作的問題，因兩者風格太過接近，唯一明確區分李氏父子之詞者，僅南宋陳振孫而已，其餘就是透過零碎之史料與詞話記載，得知《南唐二主詞》當中〈浣溪沙〉二首係李璟所作。〔註 194〕試想連南

四庫全書薈要》本，1986 年 2 月），冊 496，頁 19。
〔註 194〕宋代史書如馬令《南唐書》載：王感化，善謳歌，聲韻悠揚，清振

宋黃昇都有所失誤，更何況是明人？其二是李煜集唐五代詞作之大成，故而使明人看到風格屬於唐五代類型之詞作，又不確定作者時，便將之歸諸李煜了，這實在是很有趣的現象。

第四節　接受之具體呈現——再創作

明代對李煜詞的再創作，相較於詞話、詞選等資料，顯得不夠熱烈。經檢索僅得「和韻」與「集句」兩類，茲探討如次：

一、和韻

（一）陳鐸〔註195〕〈浪淘沙〉，詞題云「和李後主」：

> 風驟雨潺潺。小宴闌珊。花枝只恐不禁寒。今夕莫憂明日事，且自追歡。　　香篆報更闌。醉倚屏山。天涯別去會應難。明日得閒須重約，携手花間。〔註196〕

此詞所和，乃李煜〈浪淘沙〉：

> 簾外雨潺潺。春意將闌（一作闌珊）。羅衾不暖五更寒。夢裏不知身是客，一晌貪歡。　　獨自莫憑欄，無限關山。別時容易見時難。流水落花歸去也，天上人間。

林木，繁樂部爲「歌板色」。元宗嗣位，宴樂擊鞠不輟。嘗乘醉命感化奏〈水調〉詞，感化唯歌「南朝天子愛風流」一句，如是者數四。元宗輒悟，覆杯歎曰：「使孫、陳二主得此一句，不當有銜璧之辱也！」感化由是有寵。元宗嘗作〈浣溪沙〉二闋，手寫賜感化，……後主即位，感化以其詞札上之。後主感動，嘗賜感化甚優。（見錄於《中國野史集成》，冊5，卷25，頁85）又，鄭文寶《南唐近事》亦載此事，情節大同小異，謂王感化作楊花飛，歌「南朝天子好風流」句。（見錄於鄧子勉編：《宋金元詞話全編》，上冊，頁22）均可知〈浣溪沙〉二首乃李璟之作。

〔註195〕　陳鐸（？），字大聲，號秋碧，別號坐隱先生，又號七一居士。工詩善畫，尤善樂府、散曲。有《坐隱先生草堂餘意》、《秋碧樂府》、《梨雲寄傲》等。

〔註196〕　饒宗頤初纂、張璋總纂：《全明詞》（北京：中華書局，2004年1月），冊2，頁452。本論文所引《全明詞》原文，均自此出，後爲避繁瑣，僅標明冊數與頁碼，不另加註。

觀其韻腳「潺、珊、寒、歡、闌〔註 197〕、山、難、間」（第七部平聲韻），用字與順序皆同於李煜之作，在「依韻、用韻、次韻」中，屬於最嚴格之「次韻」，可見陳鐸之用心。接著審其內容，小宴闌珊之際，感到「花枝只恐不禁寒」，又自我開脫「今夕莫憂明日事，且自追歡」，流露「把握當下、及時行樂」的情緒，卻有種淡淡的哀愁，隱約浮現在字裡行間。而「天涯別去會應難」和李煜「別時容易見時難」，句意上有些許相通之處，可見刻意化用之跡。末兩句收束時，卻跳脫李煜流水落花、天上人間永隔絕之憾恨，以「明日得閒須重約，攜手花間」作結，期待重聚之日。陳鐸此詞頗能呈現明代文人的生活情調，他們宴飲歡快之餘，對風雨節候、人事聚散也有所感慨，然而整體來說，其生活是悠閒愜意的，故偶爾抒發的哀愁也是極輕極淡的，不能和李煜亡國之劇痛相比。因此，陳鐸此作或受李煜詞當中沉痛悲切之情所觸動，卻僅能道自身輕愁，格局不大，在藝術感染力上，也無法達到如李煜一般強烈奔放的境界。

（二）王思任〔註 198〕〈賣花聲〉〔註 199〕，詞題云「嬲伎　步李後主韻」：

哎喲走跚跚。拜拜先歡。嫦娥臉冷恠（即「怪」字）他寒。醉後相偎纔摸著，雪乳團團。　遇便且頑頑。天上人間。想時容易見時難。十二屏風圍著也，就是巫山。〔註 200〕

此詞乃和李煜〈浪淘沙〉：「簾外雨潺潺。春意將闌。羅衾不暖五更寒。夢裏不知身是客，一晌貪歡。　獨自莫憑欄，無限關山。別時容易

〔註 197〕「欄杆」，多又寫作「闌干」，故「欄」、「闌」此處視爲同一字。

〔註 198〕王思任（1575～1646），字季重，號遂東，又號謔庵，浙江山陰（今紹興市）人。生於萬曆三年，卒於清順治三年。萬曆二十三年（1595）進士，授興平知縣。丁憂歸。服闋，補當塗知縣。遷南京刑部主事。謫山西按察司知事，告歸。起青浦知縣。歷南京工部主事，遷九江兵備道僉事。南明魯王監國，官至禮部尚書。紹興爲清軍所破，棄家入山，絕食而死。有《王季重十種》等。

〔註 199〕按：〈賣花聲〉即〈浪淘沙〉，乃同調異名。

〔註 200〕周明初、葉曄編：《全明詞補編》（杭州：浙江大學出版社，2007 年 1 月），下冊，頁 708。

見時難。流水落花歸去也，天上人間。」韻腳然雖同押「第七部平聲韻」，用字卻不一樣，屬最寬鬆之「依韻」。審其內容情調，流露明人較為低俗的狎妓趣味，尤其「醉後相偎纏摸著，雪乳團團」描述露骨不堪，「遇便且頑頑」則表現出玩世不恭的心態。此詞當是王思任醉後率意所作，雖襲用李煜「天上人間」之句，又改「別時容易見時難」為「想時容易見時難」，直陳與妓女之間露水姻緣的狀況，卻格調俗濫，反映出明代文人沾染市井氣息後的真實側面。此詞為最粗淺之和韻，僅用同一韻部之字，又借用一二詞句，內容卻與〈浪淘沙〉不相涉，風格上也不講究。若拿李煜寫豔情之〈菩薩蠻〉（花明月暗籠輕霧）與之相比，高下立判。

雖然王思任這首和韻之作，與前面陳鐸之作相比，顯得格外漫不經心，也幾乎無從和李煜原作相呼應，卻可視為接受美學所強調的，讀者有完全的創造性與建設性，能對客觀存在的作品，進行一己獨特的解讀。其所闡發出來的新意，即使和原作者、作品毫無關連，也應當尊重。此亦即清代譚獻所謂的「作者之用心未必然，而讀者之用心何必不然」〔註201〕，讀者擁有最高主導權。另外，若從明代文人普遍受市井趣味沾染，滲透俗情俗韻、形成雅俗並存的期待視野析之，當更能解釋王思任此作之審美趨向，實乃其來有自。此詞當為明朝未亡時所作，充滿輕佻粗俗的字眼與情調，可說對原作韻味之把握毫不用心，純為遊戲之作。

明代另有無名氏和韻之作兩首，卻與宋代無名氏之作相同，〔註202〕想是此二詞流傳廣泛，為明人所抄錄，後又為《全明詞》收

〔註201〕清・譚獻：《復堂詞話》，見錄於唐圭璋編：《詞話叢編》，冊4，頁3987。
〔註202〕宋代無名氏和韻之〈烏夜啼〉二首，首句分別是「都無一點殘紅」、「一彎月掛危樓」，《全明詞》亦錄此二詞，詞牌作《相見歡》，然僅前一闋首句「卻無一點殘紅」之首字與宋代不同，其餘字句均一樣，當屬相同之作，而非明人另作，故筆者將之歸入宋代。關於此二詞之前一闋，筆者所見，其作者有兩種可能，如陳耀文《花草粹

錄，故此處不再重複析論。

二、集句

　　明人集李煜詞句共兩句，皆劉基〔註203〕之作，亦皆出自其〈憶王孫〉詞。從詞題云：「十二首　集句」，可知劉基這十二首詞，爲集句詞〔註204〕的組詞。當中集有李煜詞者，爲其一和其三：

　　（一）〈憶王孫〉其一（花月柳暗繞天愁）有「月如鉤」（冊1，頁80），乃集自李煜〈烏夜啼〉（無言獨上西樓），字句全同，屬於「整引」。

　　（二）〈憶王孫〉其三（遠書歸夢兩悠悠）有「手卷蝦鬚上玉鉤」（冊1，頁80），乃集自李煜〈採桑子〉（轆轤金井梧桐晚），然字句略有不同，李煜原句爲「百尺蝦鬚在（一作上）玉鉤」，故屬於「化

　　　編》作朱希眞（見《文津閣四庫全書》，冊498，頁642），或疑爲宋代朱敦儒（字希眞）；而《全宋詞》歸於無名氏（冊5，頁3836）。然此非本節重點，僅一提待考。

〔註203〕劉基（1311～1375），字伯溫，青田人。生於元至大四年，卒於明洪武八年。元末進士，官高安縣丞，後棄官歸。明太祖起事定括蒼，聘至金陵，佐太祖定天下，授太史令，累遷御史中丞。明初各種典章制度多由他與宋濂等計定。封誠意伯。後被胡惟庸詆毀，憂憤而卒。諡文成。基博通經史，詩文閎深頓挫，自成一家。有《誠意伯文集》二十卷、《寫情集》四卷等，惜陰堂裁爲《誠意伯詞》。

〔註204〕集句詞者，以整引、截取、增損、化用、檃括等方式，雜集古句；間或雜入一、二今人及個人作品以成詞也。而集句方式的類型有：(1)「整引」：意謂整句引用成句，其中字數、語順、命意不變，而有一、二字相異，亦均屬之；蓋有鑑於後人所讀李詞版本，未必盡同；又或爲憑記憶引用，而不甚精確也。(2)「增損」：意謂就成句增減一、二字而言，如七言減一字爲六言，或減兩字爲五言以及五言；增一字爲六言，或增兩字爲七言，甚或減一字而成四言等。(3)「截取」：意謂就成句截取三字以上，以成獨立句式者。如就七言截取三字，以成三字句；或截取四字，以成四字句者。五言之截取三字者，亦屬此類。(4)「化用」：凡取材詩文片段，不易其文意，而另造新句；或引伸文意、反用文意，而另造新句者，均屬之。參王偉勇〈兩宋集句詞形式考——兼論兩宋集句詞未必盡集前人成句〉，見錄於王偉勇：《詞學專題研究》（臺北：文史哲出版社，2003年4月），頁290、326。

用」。然李璟〈浣溪沙〉首句「手捲眞珠上玉鉤」，亦甚爲接近劉基所集之句。就明人常把李氏父子之詞相混觀之，不排除「手卷蝦鬚上玉鉤」一句，或自李璟詞句化用而來。

第五節　小　結

　　綜觀「詞話、詞論」與「詞選、詞譜」，可知明人對李煜詞整體的接受程度，較之宋人，明顯提高。這固然是宋、明兩代之期待視野截然不同而產生的結果，宋代文人的主要身分爲士大夫，他們對於在政治上一展抱負、實現經世濟民理想的關注遠勝過其他事物，詞人身分只是其士大夫身分當中的一小項罷了，那麼，明代文人的主要身分是藝術家，他們的思想特質與生活環境，和李煜是較爲接近的，尤其李煜亡國前的生活內容，和明代文人的園林吟詠、日常享樂何等相像！因此對於李煜，他們能夠摒除其國君的身分，回歸人性與生活基本面，在讀李煜詞的時候，他們也是從李煜作爲人、作爲文人、作爲藝術家的本質出發，看到亡國前的風流帝子，過著風花雪月的日子，揮灑浪漫綺麗的詞篇；看到亡國後的可憐臣虜，受盡悲慘屈辱的折磨，交織愁恨血淚的鉅作。而無論亡國前後，無論李煜的詞風是香豔綺麗或淒婉哀思，內容卻都是對生活最坦白率眞的寫照，明人也深深被其打動、爲之發出讚美或惋惜，且李煜詞「自抒眞情，直用賦體白描，不用典，不雕琢」﹝註205﹞，「淺近眞摯」即爲其最大之特色，此特色也是明人所偏好的，故而明人的詞話、詞論中，已經很少談及詞本事或指責其言行失當，代之以言簡意賅的評點。從一條條精簡細膩的評點中，可知明人非常欣賞李煜詞的眞情流露，推崇其詞清便宛轉的風格，這也和明代士商結合的社會氣息有關，因爲明代文人一方面吟風弄月，自詡風流才子，使他們能對同樣身兼文人和藝術家的李煜

﹝註205﹞　唐圭璋：〈南唐二主詞總評〉，見錄於唐圭璋：《詞學論叢》（臺北：宏業書局，1988 年 9 月），頁 900。

惺惺相惜，一方面卻也感覺自己受身分與市井趣味影響，不能迄及李煜的皇家貴氣，加上花、草之風興盛，使明詞失之輕佻俗豔、意不勝辭，是以他們打內心傾慕李煜詞那種氣韻天成的文雅含蓄與清麗高渾。再者，尚情之明人對詞的審美觀主流爲「一語之豔，令人魂絕」、「令人一展卷而魂動魄化」，是以「銷魂獨我情何限」的李煜詞甚符合其標準，多數詞選肯定李煜的詞史地位，其詞於唐五代中，入選數量常常是最多的，如《類選草堂詩餘》、《續選草堂詩餘》、《詞的》、《詞菁》、《精選古今詩餘醉》等詞選中所收李煜詞悉居唐五代之冠，可知明人將李煜視爲唐五代集大成之佼佼者，甚而代表總結唐五代、開啓宋元之關鍵人物。

　　然而明人儘管喜愛李煜詞，對其詞進行再創作者，卻寥寥可數，僅見和韻之作 2 首與集句 2 句。這或許是因多數明人喜愛歸喜愛，有如賞玩其他類型的藝術品一般，停留在較爲表面、膚淺的範圍，兼之經歷不同，所以未曾讓李煜詞融入他們生命的更深層次，激起共鳴的火花與再創作的動力。其次，再創作有很大程度是取決於讀者個別觀感的，因此，再創作之內容與風格，是否肖似原作，讀者可謂擁有最大主導權。如陳鐸和王思任皆和韻李煜的同一詞作，所呈現出來的樣貌卻大異其趣。另外，〈浪淘沙〉（簾外雨潺潺）一詞，自宋至明，可謂甚得詞選編者與再創作者青睞、共鳴，其藝術成就的確立，也具體呈現在接受現象當中。